S.B. Sasori

schuld

Frage

„... aber die Liebe ist die größte unter ihnen."

INHALTSVERZEICHNIS

DANKSAGUNG

Ohne die motivierten Autoren und Autorinnen der *Kuschelgang*, die mich um eine Kurzgeschichte für die Anthologie *Was für Früchtchen* baten, hätte es Mika und Cedric wahrscheinlich nie gegeben. Dass sich die erste, sehr viel kürzere Version, sie erschien unter dem Titel *Einsameruinenäpfel*, von dieser hier unterscheidet, liegt in der Natur der Sache.

Zum einen wollte ich dem heiteren Gesamtton der Sammlung keine zu ernste Geschichte zumuten, zum anderen fällt es mir ohnehin schwer, alles, was ich erzählen will, in knappe fünfzig Seiten zu packen.

Also habe ich mich noch einmal an die Story gesetzt.

Diesmal ohne Skalpell in der Hand.

Unzensiert, ungekürzt und ein wenig dunkler als Variante eins, vertraue ich euch Mikas und Cedrics seltsam miteinander verflochtene Schicksale an.

Wie immer gilt: Nichts muss euch gefallen. Schon gar nicht das, was ich schreibe. Wenn doch, freue ich mich natürlich. Wenn nicht, tut es mir leid, aber Bilder wollen gemalt, Lieder gesungen und Geschichten erzählt werden.

Das wird sich hoffentlich niemals ändern.

Liebe Grüße,
S.B. Sasori

SCHERBENHAUFEN

Cedric drückte sich an die Backsteinmauer. »Hau endlich ab!« Der Mann mit dem Hund konnte das Flüstern nicht hören. Das Geräusch klirrender Scheiben allerdings schon. Weshalb trieb er sich auf dem alten Bahnhof herum? Um seinen Köter scheißen zu lassen?

Bald verkroch sich die Sonne hinter dem löcherigen Dach. Legten sich die Abendschatten über das Gelände, war es zu spät. Für die Fotos und für Cedrics Nerven. Unter allen Umständen musste er bis dahin zu Hause sein. Umgeben von Licht, schützenden Wänden und in Reichweite von Niklas. Sein Puls verdoppelte den Takt.

Das Einschlagen eines der blinden Seitenfenster ging schnell. Die meisten waren ohnehin kaputt. Am längsten dauerte das Arrangieren der Scherben.

Endlich pfiff der Mann seinen Hund zu sich und verschwand hinter dem Backsteingebäude.

Cedric bückte sich nach dem Schraubenschlüssel. Er hatte in am Eingang des Lokschuppens gefunden. Wahrscheinlich stammte er aus der Zeit, als der Bahnhof noch in Betrieb gewesen war. Rostig und schwer lag er gut in der Hand. Das perfekte Werkzeug.

Eine Viertelstunde warten. Der Mann durfte sich nicht mehr in Hörweite befinden. Die Minuten schlichen, während die Sonne das Dach berührte.

Niemand zu sehen.

Cedric tippte auf die Kamera-App seines Smartphones und startete eine Videoaufnahme. Das Intro des Clips. Den Rest würde er aus den Fotos zusammenschneiden. Er holte aus, schleuderte den Schraubenschlüssel gegen eine der Scheiben. Sie zerbarst klirrend in kleine Scherben, hinterließ ein mittelprächtiges Loch. Bild

Nummer eins.

Cedric stülpte einen Gartenhandschuh auf die rechte Hand. Blutaufnahmen besaß er in Massen. Sie ernteten auf seinem Blog die meisten Liker und Kommentare, aber genug war genug. Über seine Hände zog sich ein Netz aus hellen Narben. Er hatte es satt, mit mitleidvollem Blick darauf angesprochen zu werden.

Die größten Stücke pickte er heraus und schichtete sie zu einem willkürlich aussehenden Haufen. Dabei schoss er ein Foto nach dem anderen.

Die Bruchkanten reflektierten das Sonnenlicht. Wie Funken tanzte es vor seinen Augen.

Eine Aufnahme auf dem Bauch liegend, zwei von oben. Ein paar wurden ausschließlich Weiß.

Niklas hatte ihm zum Geburtstag eine Spiegelreflex-kamera geschenkt, um überbelichtete oder konturlose Bilder zu vermeiden. Doch mit dem Fotoapparat bewaffnet loszuziehen, war etwas vollkommen anderes, als zufällig über einen potenziellen Tatort zu stolpern und spontan zu handeln. Das ging am Besten mit dem Handy. Fotos, Videos, Sound. Alles beisammen. Außerdem verlieh das Amateurhafte bis Dilettantische seinen Clips einen besonderen Reiz.

Cedric trat gegen das Arrangement, fotografierte weiter. Schichtete neu, knipste wieder. Bis das Dach des Lokschuppens die Sonne geschluckt hatte.

Schon so spät? Er musste sich beeilen.

Er kletterte auf den Mauervorsprung und ruckelte die großen Scherben aus dem Kitt. Vorsichtig platzierte er sie auf den zusammengetragenen Haufen. Ein letztes Bild, und er schaltete die Kamera ab. Für das, was nun folgte, brauchte er lediglich eine Tonaufnahme.

Langsam lief er über das Glas, zeichnete dabei das

Knirschen und Knacken der aneinanderschrammenden und brechenden Flächen auf. Die perfekte Hintergrundmusik für den Clip.

Cedric schloss die Augen. Das Geräusch unter seinen Schuhsohlen ätzte sich ihm in die Nerven.

Wie damals. Bloß der Gestank fehlte. Wenn er es zuließ, würde er dreckigen Schweiß und Blut riechen. Durchmischt mit Zigarettenkippen und Alkohol.

Eisige Finger legten sich an seine Kehle. Sie zogen ihn zurück.

Er fiel.

Das Mädchen stoppte mitten im Laufen. Es sah ihn an, zupfte an der Jacke seiner Mutter. »Sieh mal Mama. Der Mann sitzt im Regen.«

»Geh' weiter, Lena.«

»Aber er sieht mich an.«

»Schau weg.«

»Mama, der hat bestimmt Hunger.«

»Anscheinend nicht genug. Sonst würde er nicht betteln, sondern arbeiten.«

»Er ist so dünn.«

»Ein Euro wird das nicht ändern.«

»Er könnte sich was zu Essen davon kaufen.«

»Typen wie er versaufen das Geld.«

»Der nicht!«

Das Mädchen rannte zu ihm. »Bist du besoffen?« Es musterte ihn von oben bis unten. »Sag ehrlich. Meine Mutter glaubt mir nicht.«

»Dann sag deiner Mutter, dass du klüger bist als sie.«

Seit Jahren rührte Mika keinen Tropfen mehr an.

Die Kleine trat einen Schritt näher. »Coole Haare.

3

Wie Schlangen.« Sie nahm eine der Dreadlocks zwischen Daumen und Zeigefinger und zwirbelte sie. »Ganz rau!«

»Lena!« Die Frau schnappte das Handgelenk ihrer Tochter und zerrte sie von ihm weg. »Was ist, wenn er Läuse hat?«

»Hab' ich aber nicht.« Ein Kinderspiel, ihren empörten Blick standzuhalten. »Komm her und schau selbst.« Er reckte den Kopf nach vorn. »Bei der Gelegenheit kannst du einen Euro in meine Sparbüchse werfen. Ich nehme allerdings auch Scheine. Die knistern so schön.«

»Unverschämtheit!« Sie wich mit dem Kind zurück. »Und für so einen wie dich werden Steuergelder verschwendet!«

»Leider zu wenig, sonst säße ich nicht hier.« In gewisser Weise eine Lüge. Mika streunte seit zehn Jahren durch die Straßen der Großstädte und ging dem sozialen Netz mit seinen Helfern, Zuschüssen und Almosen aus dem Weg. Nirgends ertrug er es länger als ein paar Tage. Eine arbeitgeber- und wohnsitzuntaugliche Angewohnheit, die er weder ablegen wollte noch konnte.

»Siehst du!« Das Mädchen versuchte vergeblich, die Hand aus dem Griff seiner Mutter zu befreien. »Los, gib mir ein bisschen Geld!«

»Für den da?« Die Frau zeigte mit ausgestrecktem Finger auf ihn, ohne ihn dabei anzusehen. »Auf gar keinen Fall!«

»Aber ...«

»Still!«

Die Kleine verrenkte sich den Hals nach ihm, während sie von ihm wegstolperte. Ihre Kinderaugen fragten lauter sinnlose Dinge.

Hast du Hunger? Er hielt sich in Grenzen.

Warum sitzt du trotz Regen auf dem Boden? Weil ein Bettler sitzend mehr Geld bekam, als stehend. Auf Augenhöhe bettelte es sich schlecht. Mitgefühl wuchs mit jedem Zentimeter, den die Leute zu ihm hinabsehen konnten.

Frierst du? Ja. Von innen heftiger als von außen. Die Nässe hatte damit nichts zu tun. Selbst im Sommer, wenn der Asphalt vor Hitze nach Teer schmeckte, blieb ihm die Kälte treu. Sie kroch in ihm herum, war längst ein Teil von ihm. Es gab keinen Tag, an dem er sie nicht gefühlt hatte. Bis auf einen kurzen Moment vor neun Jahren.

Das Haar des Jungen war weich gewesen. Hatte nach Kräutershampoo und Herbst geschmeckt. Zarte Haut, noch heiß vom Toben. Ihr Aroma hatte auf seiner Zunge geprickelt.

Mika glitt gedanklich an den Ort, den er vor zwei Monaten verlassen hatte. Ein kleines Haus in einer unbedeutenden Straße. Irgendwo in einem Dorf, das sich aus unerfindlichen Gründen *Stadt* nennen durfte. Er war oft dort. Bei der alten Frau und den Fotos seiner ersten und einzigen Liebe. Sie war ein *er* und mittlerweile kein Teenager mehr, sondern ein Mann. Ob sich der Geschmack seiner Haare verändert hatte?

Cedric. Ein Name, der beim Aussprechen die Zungenspitze kitzelte. Greta tapezierte ihre Wände mit Aufnahmen von ihm. Schließlich war er ihr Enkel. Mika war ihr dafür dankbar. Es gab kein Gesicht, das er lieber anschaute.

Das Mädchen verschwand zusammen mit ihren Augenfragen zwischen den anderen Fußgängern.

Wie schmeckte Unschuld? Oder Vergebung? Die Frage stellte er sich oft.

Der Regen durchweichte seine Decke und kroch durch Parka und Jeans.

Ob Greta ein Problem damit hatte, wenn er für ein

paar Tage bei ihr unterkroch? Es war Herbst. Sie würde Hilfe im Garten brauchen. Im Tausch bekam er ein heißes Bad, zu essen und ein frisch bezogenes Bett.

Mika schüttete die Euros und Centstücke aus der Büchse, verstaute sie in der Hosentasche. Nicht sonderlich viel. Bei dem Wetter waren zu wenig Leute unterwegs und die, die sich rauswagten, hatten schlechte Laune. Wer mies drauf war, klebte an jeder Münze. Ob er sie brauchte oder nicht.

Er tippte an seine Lippen, benetzte die Fingerkuppe mit der Zungenspitze. Metall, durch zu viele Hände gegangen, von zu vielen Menschen akribisch abgezählt und zugeteilt. Ein bitzelnder Geschmack. Mika spuckte ihn aus.

Wenigstens für einen Kaffee und ein Baguette reichte es.

Er rollte seine Decke zusammen, klemmte sie zwischen die Schnallen des Rucksacks. Sie war nass und dreckig. Wurde Zeit, dass er zu Greta kam. Allein die Aussicht, in ihrer Küche zu sitzen, mit dem Rücken am Ofen und dem Finger im Nutellaglas, ließ ihn lächeln.

Außenwärme. Sie drang nie tief in ihn hinein. Aber immerhin.

Der Junge von damals hatte in seinem Arm geglüht. Mika war in seine Hitze gekrochen und darin geschmolzen.

Der schönste Moment seines Lebens. Leider nur von kurzer Dauer. Cedric hatte ihn k.o. geschlagen und trotzdem sein Herz geklaut.

Wenn Greta auch nur eine leise Ahnung davon hätte, dass er beim Wichsen von ihrem Enkel träumte, würde sie ihn hochkant rausschmeißen, statt zu füttern.

Niklas warf sich neben ihm aufs Bett. »Hat dir ein Gespenst geschrieben?« Er schielte aufs Handydisplay. »Deine Oma?« Mit geblähten Wangen gab er Cedric einen Klaps auf den nackten Hintern. Heute hatte er noch nicht dringesteckt. Um acht Uhr früh war das normalerweise nicht notwendig, von der gängigen Morgenlatte abgesehen.

Cedrics Hände zitterten. Verdammt, er brauchte eine Ausnahme.

»Und ich dachte schon, was Schlimmes«, plauderte Niklas am Rand der aufsteigenden Panik. »Du siehst aus, als stündest du kurz vor einem Anfall.«

»Das tue ich auch.« Vor Herzrasen wurde ihm schwindelig. »Nik, wie wäre es ...«

»Vergiss es, Kleiner.« Seufzend richtete sich sein Freund auf und kletterte vom Bett. »Keine Zeit für einen Antipanik-Fick. Wenn dich das Geschreibsel einer alten Frau nervlich aus den Latschen kippen lässt, musst du dir wirklich Gedanken machen.« Ein zweiter Klaps und Nik schnappte sich die Autoschlüssel. »Übrigens liebe Grüße von Simone. Dein Scherbenblog sei der Hammer und deine Clips würden in ihr ...« Er kniff die Lider zusammen und tippte sich in einem schnellen Rhythmus mit dem Finger an die Nasenspitze. »Augenblick, ich hab's gleich.«

»Lass das Tippen. Das sieht bescheuert aus.«

»Sagt der Mann, der abends grundlos die Nerven verliert und sich die Hände mit siffigen Scherben zerschneidet?«

»Genau der.« Ein Psycho zu sein war eine Sache. Sich wie einer aufzuführen eine andere. Davon abgesehen schnitt er sich nicht mit Absicht. Er hatte bloß nicht immer Handschuhe dabei, wenn er ein lohnendes Objekt fand.

Nik schnaubte. Wenigstens ließ er seine Nase in Ruhe. »Irgendwas mit morbider Ästhetik und urbanem Todeswunsch.« Theatralisch rollte er mit den Augen. »Sind alle deine Follower verrückt?«

»Die meisten. Kannst du mich trotzdem noch schnell ...«

»Ich glaube es nicht.« Mit einem dumpfen Geräusch sank Niks Stirn an den Türrahmen. »Ich soll dich ficken? Warum?« Träge hob er den Arm und wies nach draußen. »Siehst du das?«

»Darum geht es nicht. Es ist ...«

»Sonne!« Nik sprang zum Bett, pflückte Cedric aus den Kissen und schleppte ihn vors Fenster. »Da! Alles hell! Fang nicht schon tagsüber zu spinnen an, okay?«

Cedric presste die Lippen zusammen, um ihn nicht anzuflehen, bei ihm zu bleiben und ihn ins Vergessen zu vögeln. Nik hatte Recht. Schlimm genug, wenn er sich heute Nacht vor ihm demütigte.

Niks Hände fielen von ihm ab. »Du bist echt anstrengend. Weißt du das?«

»Sag mir was Neues.«

»Würde ich ja gern.«

Resignation. Genau danach klang er. Cedric konnte sich an den Fingern abzählen, wie lange Nik noch neben ihm aushielt.

Hinter ihm klappte eine Tür.

Cedric wischte sich die schwitzigen Handflächen an den Schenkeln ab und ging zurück zum Bett. Er tippte aufs Display und Gretas Nachricht erschien erneut. Sie wollte, dass er ihr Haus hütete. Für drei endlose Wochen.

Vor seinen Augen begann die kleine Schrift zu flimmern.

Mein lieber Cedric!

*Am besten, ich komme gleich auf den Punkt. Ich muss zur
Kur. Der Arzt sagt, es sei höchste Eisenbahn, wenn ich meinen
Lebensabend noch halbwegs schmerzfrei genießen will. Allerdings
bin ich drei Wochen weg und habe niemanden, der auf das Haus
und den Garten aufpasst. Den Nachbarn will ich das nicht zumuten und deine Eltern arbeiten den ganzen Tag. Meinen Gärtner
erreiche ich im Moment nicht. Er kommt ohnehin nur dann, wenn
ihm danach ist. Der Einzige, der übrig bleibt, bist du. Dein Ur-
laubssemester passt mir gut. Ach ja. Gefallen dir die Theaterwis-
senschaften? Ich kann mir nicht vorstellen, wie du damit später
Geld verdienen willst, aber nun gut.*

*Zurück zu meiner Bitte: Sei so lieb und tu mir den Gefallen.
Vor allem musst du die Pflanzen im Gewächshaus täglich wässern
und dich um die Falläpfel kümmern. Kennst du noch den Weg zur
Mosterei? Früher sind wir oft gemeinsam dorthin gefahren. Erinnerst du dich? Ich gebe zu, ich vermisse deine Besuche sehr.*

*Leider hast du mir nie den Grund genannt, warum du plötzlich
nicht mehr bei mir vorbeischauen wolltest. Trotzdem bitte ich dich,
mich nicht hängen zu lassen. Es ist ein echter Notfall. Natürlich
halte ich dich während dieser Zeit frei. Ehrensache.*

Liebe Grüße,
Deine Oma Greta.

Cedric schluckte, ohne das enge Gefühl im Hals los-
zuwerden.

Den Grund? Nein, den konnte er ihr auf keinen Fall
nennen. Keiner kannte ihn. Woher auch? Damals war er
allein gewesen. Bis auf den toten Mann in der Dunkelheit.
Blut durchsetzt mit dem Gestank nach Fusel und

Schweiß.

Cedric wurde übel.

War Greta klar, was sie von ihm verlangte?

Nein. Seine Eltern hatten mit niemandem darüber gesprochen, dass sich ihr Sohn plötzlich seltsam benahm und einen Kinderpsychologen aufsuchen musste. Das Thema wurde totgeschwiegen, ohne zu sterben.

Nun sollte er zurück zu dem Ort, der ihn ins Chaos stürzte, nur, wenn er daran dachte.

Bröckelnde Mauern, zerbrochene Scheiben.

Sein Leben zerfiel seit damals wie das alte Gemäuer. Jeden Tag ein Stück mehr. Das bisschen, was noch zusammenhielt, kittete er mit Sex. Allerdings bildeten sich immer wieder Risse. Kein Wunder. Er trieb den Teufel mit dem Beelzebub aus. Es funktionierte für den Moment. Verstrich er, wuchsen sich haarfeine Linien zu Kratern aus.

Sein Geheimnis fraß sich wie ein Geschwür in seinen Verstand. Würde er es preisgeben, schleppten ihn seine Eltern erneut zu irgendwelchen Ärzten. Die würden ihn aus seiner wackeligen, mit Sperma und Spucke zusammengeklebten Scheinsicherheit zerren und rätseln, warum er sich wie ein Besessener dagegen wehrte.

Genau das war er. Besessen.

Von einem stinkenden Gespenst.

Cedric biss sich in den Handballen. Schmerz lenkte ab. Ähnlich wie Sex.

Was auch geschah, er durfte nicht darüber reden. Nachher landete er im Gefängnis. Wie sollte er nach all den Jahren beweisen, dass er das Opfer und nicht der Täter gewesen war?

Ein kranker Gedanke meißelte sich in sein Hirn. Er könnte Gretas Bitte nachkommen. Sich mit Beruhigungsmitteln vollpumpen und in der Ruine zwischen Geröll und Schutt bleiche Knochen suchen. Dann wusste er, ob er ein Mörder war.

Nein, kein Mörder! Er hatte sich verteidigt! Totschlag aus Notwehr.

Die gierigen Hände waren von ihm abgeglitten. Die Stille war noch schlimmer zu ertragen gewesen, als das Keuchen und der plötzlich über ihn hereinbrechende Schmerz.

Cedric sprang auf, lief hin und her. Das Adrenalin blieb ihm dennoch treu.

Er musste in die Ruine.

Wenn er diese Möglichkeit nicht nutzte, verlor er eines Nachts völlig den Verstand und weder Niklas noch sonst jemand konnten ihn davor bewahren.

Schweißnasse Hände, Zittern in den Fingern. Daran hatte er sich längst gewöhnt. Er musste nur zwei Worte tippen, eh ihn der Mut verließ.

Ich komme.

Cedric schaltete das Handy aus.

G reta pflückte sich die Brille aus den Haaren und setzte sie sich auf die Nase. »Mika? Was machst du hier?« Vollkommen konsterniert starrte sie ihn an.

Mika verharrte auf der Schwelle. Normalerweise begrüßt sie ihn freundlicher.

»Noch nichts.« Immerhin war er gerade angekommen. »Brauchst du einen Gärtner?«

»Ja. Aber du bist spät dran!« Sie schüttelte den Kopf, strich sich fahrig eine weiße Strähne aus der Stirn. »Entschuldige. Ich bin durcheinander. Natürlich freue ich mich, dass du da bist, auch, wenn ich dich bald raus-

11

schmeißen muss. Ich bin beim Packen, eigentlich.« Sie winkte ihn ins Haus, murmelte, dass er zu dünn wäre.

»Wo willst du hin?« Greta verreiste nie.

»Nach Bad Tölz zur Kur.« Ein verhuschtes Lächeln vertiefte ihre Falten. »Hättest du ein Handy, würde dich das nicht überraschen.«

»Ich brauche keines.«

»Bis du mal vor verschlossener Türe stehst.«

»Dann gehe ich wieder. Wo ist das Problem?«

»Ach Mika.« Ihre Hand näherte sich seiner Wange. Mika wich ihr aus. Er war dreckig und stank.

Greta verdrehte die Augen. »Ein Penner mit Befindlichkeiten. Das muss man sich erst mal leisten können. Allerdings ... « Die fast weißen Brauen berührten sich, als ihr Blick über ihn glitt. »Wenn dein Kinnbärtchen wuchert, sieht es wie Gestrüpp aus. Und willst du dich nicht endlich von den dicken Strippen auf deinem Kopf trennen?«

»Dreadlocks«, korrigierte er sie zum tausendsten Mal. »Die bleiben, wo sie sind.«

»Sie sehen aus wie Makkaroni.« Ihre Lippe schob sich vor. »Junge, lass dich nicht verlottern!«

»Ich bin ein Penner. Man erwartet von mir, dass ich verlottere.«

»Ein Landstreicher! Das ist ein Unterschied.«

Imponierend, die Strenge in ihrer Stimme.

»Ich habe noch einen Rest Auflauf von gestern. Hunger?«

Mika musste grinsen. Ein Besuch bei ihr glich der Generalinspektion eines Autos. Vorher dreckig, rostig und leergefahren, nachher sauber, ausgebeult und mit vollem Tank.

»Kann ich duschen?« Ein Bad wäre ihm lieber gewesen, aber das dauerte zu lange und sein Magen knurrte seit Stunden.

»Sicher.« Greta tippelte zum Kühlschrank. »Ich wärme in der Zeit das Essen auf.« Beim Anblick der Auflaufschüssel lief Mika das Wasser im Mund zusammen.

Plötzlich drehte sie sich zu ihm herum. Das Kühlschranklicht leuchtete durch ihre weißen Haare hindurch. »Ich fürchte, ich habe was Dummes gemacht.« Eine dicke Träne rann unter ihrer Brille entlang.

Mika zog die alte Frau von der Kälte weg und schloss die mit bunten Magneten und Einkaufsgutscheinen behangene Tür. »Du hast nur einmal was Dummes in deinem Leben angestellt.« Als sie ihn von der Straße aufgesammelt hatte.

»Ich habe Cedric gesagt, er soll das Haus hüten. Mein Enkel, du erinnerst dich?«

»Vage«, heuchelte Mika. Dank der vielen Porträtaufnahmen kannte er den Platz jeder einzelnen Sommersprosse in Cedrics Gesicht.

»Ich ahnte ja nicht, dass du auch kommst. Außerdem dachte ich mir nichts dabei. Aber dann rief mich seine Mutter an, und machte mir die Hölle heiß.« Gretas Schultern sackten nach vor. Sie wirkte wie jemand, der Berge an Schuld auf sich geladen hatte. Was nicht sein konnte. Schuld und Reue waren Typen wie ihm vorbehalten.

»Weil er ...«, wieder brach sie ab, zog die Brille von der Nase und wischte sich über die Augen. »Woher hätte ich es wissen sollen?«

»Von was redest du? Ist was mit ihm?« Cedric durfte es nicht schlecht gehen.

Plötzlich sprudelte es aus der alten Frau heraus. »Er leidet unter Angstzuständen, war deswegen sogar in Behandlung. Keiner weiß, weshalb und er sagt nichts dazu.

Deshalb kam er nicht mehr zu mir. Es liegt an der Dunkelheit. Tagsüber geht es, aber wenn es Nacht wird, hält er es allein nicht mehr aus. Außerdem reagiert er überempfindlich auf Gerüche, bekommt bei manchen regelrecht Anfälle. Meinem Sohn hat er angeblich mal den Malteser aus der Hand geschlagen und sich anschließend mitten in der Küche übergeben.«

Mika wurde flau. Nachdem was Greta erzählte, rutschte Cedric auf den Brustwarzen durchs Jammertal. »Seit wann ist das so?« Die Frage kostete Mut. Zumal er die Antwort ahnte.

»Es hat wohl in der Pubertät begonnen«, antwortete Greta schwach. »Nach den Herbstferien in der achten Klasse. Auf einmal hatte er Albträume, schrie im Schlaf und wachte schweißgebadet auf.«

Mika tauchte in Abgründe. Sie waren bis obenhin mit Schuld gefüllt.

Der Sturz in die Tiefe war ein Versehen gewesen. Der Rest nicht.

»Er lässt nicmanden an sich ran. Seine Mutter sagt, wenn sie mit ihm darüber reden will, wird er laut und verlässt den Raum. Es sei sein Leben und sie sollte sich nicht einmischen.« Greta zog die Nase hoch. »Jetzt das Schlimmste: Er ritzt sich und fotografiert das auch noch!«

Mika versank hinter den Händen. Sie stanken nach Großstadtdreck. Gretas Stimme kam kaum gegen das Rauschen in seinen Ohren an. Sie erzählte von irgendeiner Freundin von Cedrics Mutter, die ihr den Link zu seinem Blog geschickt hätte. Ihre Tochter hätte ihr davon vorgeschwärmt.

Seltsame Fotos mit Glasscherben und Blut. Manche zeigten Cedrics zerschnittene Hände.

»Sie hat Angst, dass er sich was antut.« Gretas Augen

standen unter Wasser. »Sie meint, wer so was macht, der findet auch irgendwann die Schlagader.«

Mika wurde eiskalt.

»Und ich dumme Frau locke ihn hierher, weit weg von seinen Bekannten und seiner Familie, die wenigstens ein bisschen auf ihn achten, könnten, und lasse ihn drei Wochen ganz allein mit sich und seinen ...«, die dünnen Finger flatterten durch die Luft, »... Todessehnsüchten.«

»Sag ihm, er braucht sich nicht kümmern. Du hättest einen Gärtner engagiert.« Trotz seiner Rastlosigkeit würde er es bis zu Gretas Rückkehr in dem kleinen Nest aushalten.

»Habe ich längst.«

»Und?«

»Er will kommen. Ich soll dem Gärtner kündigen und ihm vertrauen. Er bat lediglich darum, dass er seinen Freund mitbringen darf.«

»Er hat einen Freund?« Sie hatte nie erwähnt, dass Cedric schwul war.

»Ja.« Auf ihrer Stirn wuchs eine Gebirgslandschaft. »Mich begeistert das nicht. Kannst du mir glauben. Es liegt bestimmt an dieser hektischen, verwirrenden Zeit. Heutzutage weiß keiner von den jungen Leuten mehr, ob er Fisch oder Fleisch ist.«

»Rede keinen Unsinn.« Als er fünfzehn gewesen war, hatte er dem Freund seiner Mutter übers Knie geleckt, als dieser vom Joggen gekommen war.

Salz, Morgenluft, ganz wenig Benzin und ein Aroma nach Mann, das ihm durch die Zunge in den kompletten Körper geschmolzen war.

Seine Mutter hatte ihm daraufhin eine Ohrfeige verpasst, dass sein Kiefer noch Tage später beim Kauen geknackt hatte.

15

Mika hatte sie hingenommen. Ebenso wie die Erkenntnis, dass er auf Männer stand. Kurz danach hatte ihn seine Mutter mit einem Klassenkameraden erwischt und rausgeschmissen.

»Ich rede keinen Unsinn! Als ich jung war, war alles ...«

»Homosexualität ist kein Kind der Facebook-Gesellschaft.« Gott, was konnte er klugscheißen. »Diese Neigung ist so alt wie die Welt.«

»Was weißt du von Facebook?«, fauchte Greta. »Du hast nicht einmal ein Handy!«

»Ich lese Zeitung!« Bevor er sich damit zudeckte.

Zwei faltige Lider senkten sich. »Du bist es auch. Stimmt's?«

»Was?«

»Schwul!«

Bisher hatten sie nie darüber gesprochen.

»Ich weiß, was du in Berlin oder Dresden machst, wenn dir das Geld ausgeht. Da kam neulich eine Sendung im Fernsehen.« Sie wich seinem Blick aus. »Es ging um Straßenkinder, und was sie alles tun, um über die Runden zu kommen.«

»Ich bin kein Kind mehr.«

»Aber du warst es! Was hast du da getrieben, hm?«

»Gebettelt, geklaut ...« Typen, die es dringend nötig gehabt hatten, einen geblasen und ab und an den Arsch für ein paar Scheine hingehalten. Letzteres hatte er auf absolute Notfälle beschränkt. Er war lieber derjenige, der fickte und nicht der, der sich ficken ließ. Schon weil er dem anderen von hinten besser den Nacken lecken konnte.

Lust hatte ein eigenes Aroma, auch wenn sie aus dreckigen Poren strömte. Noch stärker als Angst. Dieser

Geschmack war ihm ebenfalls vertraut – von Cedrics Hals.

Es war ewig her, fühlte sich dennoch an, als sei es gestern geschehen.

Ein Herbsttag. Sonnig und kühl.

Lautes Lachen hatte ihn aus seinem Versteck gelockt.

Auf der Wiese vor der Ruine spielten ein paar Jungs Fußball. Ihre vom Toben roten Gesichter leuchteten mit dem Laub um die Wette.

Mika hockte sich hinter eine Mauer und beobachtete sie.

Sie grölten, schleuderten sich Schimpfnamen an den Kopf, ohne sich dadurch zu beleidigen.

Sein Herz brannte vor Neid. Ihn beleidigte jeder, der ihn bloß ansah. Es war das Zucken nur einer Braue, das Verziehen des Mundes und ein Blick, der ihn als das abstempelte, was er war. Ein verwahrloster Kerl, der seit Langem kein Badezimmer mehr von innen gesehen hatte.

Einer von ihnen, mit sandfarbenen Haaren, die ihm wild um die Stirn wehten, schoss den Ball in Mikas Richtung. Er rannte hinter ihm her, grinste nur, als die anderen über ihn spotteten.

In seinem Blick lag alles, was Mika längst verloren hatte. Stolz, Fröhlichkeit und etwas rundum Zufriedenes.

Mika nahm es ihm weg. Noch am selben Tag.

Am nächsten Morgen, der Junge war längst geflohen, hatte ihn Greta aufgesammelt, ihm Pfefferminztee aufgebrüht und seine Wunde versorgt. Irgendwann schob sie ihm ein zweites Nutellaglas hin und akzeptierte stumm, dass Mika übers Etikett leckte, bevor er den Finger in die braune Masse tauchte.

An diesem Abend war ihm zum ersten Mal schlecht gewesen, weil er zu viel und nicht zu wenig gegessen hatte.

Danach war er von Greta in ein sauberes Bett gesteckt worden.

Auf dem Weg zum Gästezimmer hatte er ihn gesehen. Er grinste ihn von unzähligen Fotos an. Mika hatte nicht den Mut besessen, der freundlichen Frau zu gestehen, was er kurz zuvor mit ihrem Enkel angestellt hatte.

Für ihn war es der Himmel gewesen. Für Cedric offenbar die Hölle.

Dabei war er gekommen.

Als Mika in dem Schacht aufgewacht war, hatte seine Hand geklebt. Der Geschmack von Sperma war nichts Neues für ihn und seines war es definitiv nicht gewesen, das steckte in Cedrics engem Loch. Außerdem schmeckte es bitterer.

Kluge Überlegungen. Sie kamen Jahre zu spät. Obwohl er damals schon vermutet hatte, dass Cedrics Spaß an der Sache nicht wirklich groß gewesen sein konnte. Umsonst hatte er ihn nicht mit einem Stein niedergeschlagen.

»Fehlt dir was?« Greta tätschelte seinen Arm. »Du bist ganz blass.«

Reue schmerzte. Im Magen und im Herz. »Greta. Ich mache mich auf den Weg.« Er war der Feind unter ihrem Dach. Hätte er geahnt, dass es Cedric bis heute quälte, hätte er …

Gar nichts hätte er daran ändern können. Was geschehen war, war geschehen. Weder Alkohol noch Einsamkeit galten als Entschuldigung aber beides hatte ihm zu dem getrieben, was er getan hatte.

Und Cedrics betörender, sinnenschmelzender Geschmack.

»Du gehst schon wieder?« Greta erhob sich. »Auf kei-

nen Fall. Dir bleiben immerhin zwei Tage, um dich auf-
zuwärmen und deine Wäsche zu waschen. Außerdem
liegt Arbeit an. Der Garten ist ein Dschungel! Den kann
ich unmöglich Cedric allein zumuten.« Ihre Lippe zitterte.
»Jetzt, wo ich weiß, wie schlecht es ihm geht.« Erneut
tätschelte sie seine Hand. »Ich mache dir erst mal was zu
essen. Du wirst von Mal zu Mal dünner.«

»Greta ...« ... *Glaub mir, du willst mich nicht füttern, höchstens kastrieren.*

»Keine Widerrede!« Ihr Zeigefinger schnellte in die
Höhe. »Das Bett ist ohnehin gemacht. Bezieh es halt neu,
bevor du aufbrichst. Dann merkt er nichts.«

»Weißt du, wie sein Blog heißt?« Er musste sich die
Bilder ansehen.

»Cedrics?« Seufzend reichte ihm Greta ihr Handy.
»Googel einfach seinen Namen. Cedric Weimann. Der
dritte oder vierte Link.« Traurig schüttelte sie den Kopf.
»Dabei war er früher ein so glückliches und ausgegliche-
nes Kind gewesen. Wenn ich nur wüsste, warum ...«

»Ich gehe duschen.« Vom äußeren Dreck konnte er
sich befreien. Vom inneren nicht.

Zwei Tage. Danach würde er seine Sachen packen,
sich ein Foto von Cedric einstecken und für immer verschwinden.

»D u elende kleine Memme du!« Niklas starrte erschrocken aus der Windschutzscheibe. »Nur
weil du deine Ängste feierst, muss ich drei Wochen in
diesem Zwetschgennest intellektuell dahinsiechen.«

»Und mich vögeln.« Das war das Wichtigste, sonst ertrug Cedric hier keine Nacht. Zu viele Erinnerungen. Sie
kreisen um alte Mauern und zerbrochenes Glas. Panik

fraß sich in seinen Magen, erreichte sie das Herz, flehte er Nick an, ihm im Auto einen runterzuholen. Oder er setzte sich gleich auf Niks Schoß. Würde eng werden. Na und? In Cedrics Brust war weit weniger Platz. Es passte kaum Atem hinein.

»Angstkompensation«, dozierte Nik. »Soll das bis zum Ende deines Lebens gehen? Wir ficken bloß, wenn dein Puls die zweihundert schrammt und du ohne Orgasmus nicht mehr runterkommst?«

»Ja.« Das hatte er von Beginn an gewusst.

»Cedric! Wir müssen darüber reden!«

»Nein.« Wozu? Das hatten sie längst. Cedrics Bedingungen waren klar. Nik vögelte ihn bei Bedarf. Mindestens jede Nacht einmal. Manchmal auch tagsüber, wenn es ihn aus der Dunkelheit der Zimmerecken ansprang oder er fremde Arme um mich fühlte. Sie umklammerten ihn, zogen ihn nach unten. Keine Kontrolle, keine Möglichkeit, sich zu befreien. Sie waren stark, pressten ihm die Luft aus den Lungen.

In diesen Momenten brauchte er Niklas. Seinen Schwanz, der ihm die Panik aushämmerte, seine Nähe, die ihm zeigte, dass er nicht allein war.

»Unsere Beziehung hat mit Liebe wenig zu tun.« Niks Seitenblick strafte ihn zu recht als egoistischen Psycho ab. »Ich löffele deine Suppe für dich aus. Dann kann ich auch verlangen, dass wir die Zeit nutzen und diese beschissene Situation klären.«

»Da gibt es nichts zu klären.« Cedric klammerte sich an den Türgriff. Die zerfallenen Mauern. Er sah sie noch nicht, spürte aber bereits, wie ihm ihre feuchte Kälte ins Herz kroch.

Nik stöhnte entnervt. »Du bist der einzige Mensch auf der Welt, der einen Rund-um-die-Uhr-Fick fordert.«

»Früher fandest du das geil.«

»Früher steckte ich nicht bis zum Arsch in meiner Diplomarbeit!«

Das Gemäuer rückte näher. Cedric konnte kaum atmen.

»So geht es nicht mehr weiter. Was es auch ist, komm darüber weg.«

Ein Sturz, ein Aufprall. Benommenheit. Kein Licht. Eisige Hände. Sie hatten sich unter seinen Pullover geschoben, an der Hose gerissen.

Cedrics Magen krampfte. Alles, nur nicht weiterdenken.

»Du hast 'nen Furz im Kopf«, wetterte Niklas. »Einen Riesenfurz.«

»Der Furz sitzt blöderweise zu tief, um ihn wegzudiskutieren. Das weißt du, verflucht noch mal!« Er war nicht erst seit gestern ein nervliches Wrack.

Nik schnaubte. »Mach endlich eine Therapie, damit das Elend ein Ende hat.«

Das hatte er längst hinter sich. Schon als Kind. Es war umsonst gewesen.

Wozu einen Vierzehnjährigen über Finsternis reden lassen? Warum Einsamkeit als positiven Moment deuten, wo er ihm jedes einzelne, verdammte Haar am Körper hochstehen ließ?

Bilder dazu stapelten sich als Meterware im Regal. Eines schauerlicher als das andere und dennoch meilenweit am Problem vorbei. Auch die Tabletten hatten nichts geändert. Nur sein Denken und Fühlen auf Zombiestatus gedimmt.

Male deine Ängste.

Welch ein Schwachsinn! Wie sollte das funktionieren, wenn er sie nie gesehen hatte? Ihren Geruch konnte er beschreiben oder ihre Kälte, aber damit verriet er sich selbst.

Cedric ballte die Hände zu Fäusten. Es gab Nächte, da war er kurz davor, sich die Erinnerung aus dem Leib zu prügeln. Stattdessen brach ihm der Schweiß aus, alles an ihm klapperte, sein Herz raste und sein Verstand verabschiedete sich ins Niemandsland.

Das war der Punkt, wo er schreien wollte. Doch der Ton brach ab, wie aus dem Rachen geklaut.

Keine Sekunde später stürzte er sich auf Niklas, verschlang seinen Mund, dann den Schwanz.

Bevor Nik mit der Diplomarbeit angefangen hatte, war er leicht auf Touren zu bringen gewesen. Cedrics Hilflosigkeit in diesen Augenblicken hatte ihn angemacht. Aber in letzter Zeit dauert es immer länger, bis Nik ihm gab, was er brauche. Vergessen. Geborgenheit im Rausch.

Ein labiler, durchgeknallter Arsch und Egoist. Exakt das war er. Er wusste es, hatte Niklas nie etwas anderes vorgemacht.

»Hier gibt es eine Ruine. Du musst mit mir dahin.« Allein würde er dort irrewerden.

»Wozu das denn?«

»Weil ich dich bitte.«

»Himmel!« Nik schlug aufs Lenkrad. »So läuft das nicht!«

»Ich will dort Aufnahmen machen«, log Cedric. »Für meinen Blog.«

»Und dazu brauchst du mich?«

»Ja.« Sonst würde ihm die Dunkelheit *Mörder* zuflüstern, während der Rest seines Verstandes von Gerechtigkeit und Notwehr faselte und ihm seine überreizten Nerven drängende Berührungen vorgaukelte. An seinem Schwanz und in seinem Arsch.

22

Der Hurensohn hatte ihn abspritzen lassen.

Cedric wurde schlecht. Genau wie damals. Wie hätte er einem der Seelenfrizen erklären sollen, dass Wut, Panik und Geilheit gleichzeitig in den pickligen Körper eines Vierzehnjährigen passten? Klar, die Gefühle hatten ihn zerrissen und taten es noch. Deshalb musste er in die Ruine, den Schacht finden und nachsehen, ob dort ...

Gott! Unsichtbare Finger schlossen sich um seine Kehle. »Nik, hilf mir!«

»Schon gut.« Niklas fuhr rechts ran. Einhändig knöpfte er Cedrics Jeans auf.

Cedric stöhnte vor Erleichterung. Wenn er ihn jetzt kommen ließ, hielt er ein paar Stunden aus, ohne am Rad zu drehen. Vielleicht sogar bis zum Abend.

Niks Hand verschwand im Hosenbund, schlängelte sich durch die Shorts, fasste zu. Cedric lehnte sich zu ihm, schmiegte sein Gesicht in die vertraut duftende Halsbeuge.

Niklas pumpte schnell und versiert die überkochende Panik hinweg.

Hitze im Unterleib, das erste Zucken in den Lenden. Cedric konzentrierte sich ausschließlich darauf.

Lust. Sie umschlang ihn wie eine Rettungsleine.

Bilder mit langen Schatten. Nur die Scherben schienen zu leuchten. In Haufen, zu Flächen ausgelegt, manchmal an Bäume oder Wände zu asymmetrischen Gebilden gelehnt.

Nahaufnahmen. Darunter ein zugefrorener See mit Rissen. Mika hatte zweimal hinschauen müssen, um zu erkennen, dass die Eisfläche aus Glas bestand. Cedrics Gesicht spiegelte sich darin. Nur als Schemen. Es sah aus, als würde er von unten durchs Eis sehen.

Es gab auch einige Videos. Die meisten aus der Froschperspektive. Hatte Cedric die Kamera auf den Boden gestellt und per Selbstauslöser bedient oder half ihm jemand bei den Aufnahmen?

Er hockte nackt auf splitterigem Holz, sein Blick ging ins Leere. Um ihn zerbrochene Flaschen, gefährlich nah an dem schutzlosen Körper. Den Unterarm auf die Knie gelegt, die Hand hing entspannt hinunter. Etwas Dunkles floss in dünnen Rinnsalen darüber, tropfte von den Fingerspitzen. Das Video dauerte nur ein paar Sekunden. Sie kamen ihm endlos vor.

Mika rieb sich die Augen. Seit Stunden starrte er auf das kleine Display. Zahllose Bilder in zig Kategorien. Er hatte längst den Überblick verloren.

»Mika? Hilfst du mir mal?« Greta rief aus dem Nebenzimmer. Das Taxi kam gleich, doch sie packte immer noch. Dementsprechend nervös klang ihre Bitte.

Mika trennte sich vom Gästebett. Er hatte in der Nacht kaum geschlafen. Cedrics Aufnahmen waren ihm ständig durchs Hirn gegeistert.

»Mach dir keine Sorgen.« Greta sah von ihrem Koffer auf. Er quoll bereits über. »Cedric schlägt mit seinem Freund nicht vor morgen Mittag auf. Du hast noch einen Tag für dich allein. Ruh dich aus. Ich habe mitbekommen, dass dein Licht bis weit nach Mitternacht gebrannt hat.«

Statt ihn zu bemuttern, sollte sie ihn aus dem Haus prügeln. Er hatte es verdient.

»Hey, schau nicht so grimmig.« Sie nahm einen Apfel aus der Obstschale und warf ihm die Frucht zu. »Wirklich Junge, du musst mehr essen. Versprich mir, dass du dir den Bauch vollschlägst, ja?«

Mika kämpfte mit dem Bedürfnis, den Apfel an die Wand zu schmettern und sich einzureden, es sei sein Kopf. Allerdings würde das nichts ungeschehen machen, ihm nur das gallebittere Gefühl nehmen, das seit gestern in seinem Herz herumbohrte.

Der Apfel sah trotzdem lecker aus. Schon aus Gewohnheit leckte er über die Schale.

Erde, vermoderndes Laub, ein kaum wahrnehmbarer Hauch Fäulnis.

Darin war er gut. Augen, Ohren und Nase betrogen ihn manchmal, sein Mund nie.

Er hatte Cedrics Angst geschmeckt. Warum, zum Teufel, hatte er ihn nicht in Ruhe gelassen?

Weil du ein geiles Schwein bist, das den Fick unbedingt wollte. Schieb dir die Ausrede in den Arsch, dass du Cedric zum Abspritzen gebracht hast. Lauter Lügen, um dir eine Vergewaltigung erträglich zu reden.

Sein Inneres überzog sich mit einer dicken Eisschicht. Mika schlang die Arme um den Oberkörper.

»Wohin verschlägt es dich, wenn ich mich in Bad Tölz auffrischen lasse?«

»Berlin.« Schön, dass ihn Grata aus den räudigen Gedanken riss. »Ich trampe morgen dahin zurück.«

»Und kauerst dich dort in Hauseingänge?« Sie rümpfte die Nase. »Du weißt, was ich von dem Leben als Landstreicher halte.« Mit verkniffenem Mund klappte sie den Kofferdeckel zu. »Du bist klug, kannst lesen und schreiben.«

»Dank dir ziemlich gut.« In Gretas Wohnzimmer gab es drei bis unter die Decke reichende Regale, gefüllt mit Geschichten. Winterabende waren lang und Greta hatte ihm ein Ultimatum gesetzt. Er durfte sich bei ihr aufwärmen, sich stundenlang in der Badewanne bei immer frischem heißen Wasser aufweichen lassen und so viel Süßes in sich reinstopfen, wie er wollte, wenn er las. Beim Schreiben war sie nicht ganz so streng gewesen, weshalb er es kaum besser beherrschte, als damals in der neunten Klasse.

»Such dir einen Job!«

»Greta!« Nicht diese Leier. Dazu fehlte ihm der Nerv.

Morgen kam Cedric hierher.

Wäre er mutiger, bliebe er und würde mit ihm reden. Ihm alles gestehen, ihn um Vergebung bitten und erst dann endgültig aus seinem Leben verschwinden.

Vergebung? Wahrscheinlicher wäre, dass Cedric die Polizei rief. Mit den Typen in Uniform kam Mika nicht zurecht. Wer würde die Kaution für ihn bezahlen? Greta war zur Kur.

Was war er bloß für ein egoistisches Schwein! In all den Jahren hatte er sich kein bisschen verändert. Wenn einer den Knast verdient hatte, dann er.

Greta stemmte sich auf den Koffer. Er klaffte. Kein Wunder. »Hoffentlich geht alles gut«, murmelte sie, während sie vergeblich versuchte, die Verschlüsse einrasten zu lassen. »Ich habe ein ganz mieses Gefühl, seit ich seine Fotos gesehen habe.«

»Er hat seinen Freund dabei.« Einerseits beruhigte es Mika, andrerseits fühlte sich der Gedanke wie ein Splitter unterm Fingernagel an.

»Cedric darf nie erfahren, dass ich mit dir über seine Probleme geredet habe. Er ginge mir an die Gurgel.« Seufzend ließ sie endlich die Finger von den Kofferschnallen. »Er und der Rest der Familie. Für senil würden sie mich halten, schon weil ich einem Landstreicher einen Platz unter meinem Dach anbiete.«

»Hätten sie Angst, dass ich dich im Schlaf ersteche

und danach beraube?« Zumindest der Nutellavorrat und die weichen Duschhandtücher waren eine verlockende Beute.

Greta bedachte ihn mit ihrem *Halt den Ball flach* - Blick. »Als ob du dazu in der Lage wärst.«

»Rein körperlich? Selbstverständlich.« Vorher sprang er von der nächstbesten Brücke. »Ich kann dich auch beklauen, ohne dich zu töten. Ist dir das lieber?«

Schweigend tippte sie sich an die Stirn.

Eine Oma. Das war sie für ihn. Ihre Fürsorge war ähnlich behaglich, wie die Wolldecke des Gästebettes.

Sein Magen schrumpfte auf Faustgröße.

Nein, Greta durfte nie davon erfahren, was er ihrem Enkel angetan hatte.

Mit ihrem Hass im Nacken wäre sein Leben bloß noch einen Dreck wert.

»Schau nicht so grimmig.« Ihre Hände legten sich auf seine Wangen. »Es sind nur drei Wochen. Wenn es richtig kalt und ungemütlich wird, bin ich zurück.«

»Ich komme klar.« Das war er bisher immer.

»Wollen wir's hoffen.« Sie ließ ihn los, zeigte zum Koffer. »Und jetzt hilf mir mit dem Ding da, sonst springt er mir mitten auf dem Bahnsteig auf.«

Mika stemmte sich mit ganzer Kraft und vollem Körpergewicht auf den Kofferdeckel, bevor endlich die Verschlüsse einrasteten.

Draußen hupte es. Das Taxi?

»Ach du Schreck!« Hektisch wuselte Greta im Zimmer hin und her, bis sie in Mantel und Hut vor ihm stand. »Na dann will ich mal.«

Mika trug ihr das Gepäck nach unten und verstaute es im Kofferraum des Wagens.

»Hast du Geld?«, fragte sie beim Einsteigen. »Falls

nicht, im Wohnzimmer liegt was für ...«

»Ich brauche nicht viel.« Das wusste sie.

»Wie du meinst.« Ihrem Tonfall nach bezweifelte sie seine Worte. »Pass auf dich auf und mach nichts ...«

»Unmoralisches? Kleinkriminelles?« Beides war wahrscheinlich.

»Bleib sauber, Junge. Das meine ich wörtlich. Und vergiss nicht, die Küche aufzuräumen! Du hast nach dem Frühstück ein Schlachtfeld hinterlassen. Und denk an deine Wäsche! Sie hängt noch auf der Leine.«

Statt einer Antwort klopfte er aufs Autodach und schloss die Beifahrertür.

Das Taxi fuhr los. Mika wartete, bis er die winkende Hand hinter der Rückscheibe nicht mehr erkennen konnte.

UNERWARTETE DÜFTE

Niks theatralisches Stöhnen streifte Cedrics Ohr. »Konzentrierst du dich mal? Mir tut der Arm weh.«

»Dann nimm mich richtig.« Cedric sehnte sich nach Niks Schwanz. Er musste der unmotivierten Faust zwischen seinen Schenkeln helfen, ihn über die Klippe zu stoßen. Er erreichte ihren höchsten Punkt viel zu langsam. Kaum möglich, die Gedanken im Zaum zu halten. »Los!« Er saugte an Niks Hals.

Sein Freund seufzte. Es klang ungeduldig und genervt. Er griff so kräftig zu, dass Cedric vor Schreck zusammenzuckte. Dennoch verlangsamte sich sein Herzschlag. Sein Bewusstsein driftete in den Unterleib. Stöhnend schmiegte er sich dichter an Nik.

»Noch fester?«, fragte der atemlos.

»Ja!« Der wunde Schmerz war egal. Nur der Rausch zählte.

Endlich keuchte Nik vor Anstrengung und Cedric, weil es ihm kam. Er wimmerte vor Lust. Sie packte ihn, riss ihn aus sich heraus. Was würde er dafür geben, immer in diesem losgelösten, angstfreien Zustand bleiben zu können.

Feigling, wisperte es in seinem Kopf. *Statt dich deinen Problemen zu stellen, betäubst du sie.*

Genau das. Es funktionierte wesentlich besser, als sie aufzumalen oder einem Typen mit Cordhose und Klemmbrett zu diktieren.

»Geht's wieder?« Sein Freund zog seine Hand viel zu schnell zurück. Der flüchtige Kuss auf die Stirn drang kaum zu Cedric durch. Er wäre gern ein wenig von ihm gestreichelt worden, doch Nik kramte bereits im Handschuhfach nach der Feuchttücherpackung.

Der süße Geruch erfüllte das Innere des Wagens.

Nik reinigte sich, warf die Packung danach in Cedrics Schoß.

Seit sie zusammen waren kaufte er die Dinger im Dutzend.

Ein winziges Nachbeben ließ Cedric schaudern.

Warum leckte ihn Nik nicht sauber? Das würde ihn länger in dem zerfließenden Zustand festhalten.

Er träumte oft davon, an sensiblen Stellen abgeleckt zu werden. Anschließend erwachte er mit Herzrasen und einer gigantischen Morgenlatte.

Die Vorstellung, dass eine Zunge über seine Haut glitt, sollte ihn entsetzen. Hatte es auch.

Damals im Dunkeln.

Ein irritierendes, rau-nasses Gefühl, das seine Nerven gleichzeitig stimuliert und malträtiert hatte.

Ob er Niklas um den Gefallen bitten konnte? Ein Prickeln rann seinen Rücken entlang, verstärkte die Gänsehaut. Cedric biss sich auf die Lippen. Nein, dieser Wunsch zeigte deutlich, dass er weniger Tassen im Schrank hatte, als angenommen.

Du bist nicht bloß gestört, du bist pervers.

Widerlich, wenn sich Grauen und Lust mischten.

»Dann wollen wir mal.« Niklas drehte den Zündschlüssel und der Motor sprang an.

Träge wischte sich Cedric die glibberigen Schlieren von der Hose.

Mit Sperma schmierte er seine Ängste, um leichter durch sie hindurchzuflutschen. Er hasste hämisches Lachen, also ließ er es bleiben. Schade, ihm war gerade danach.

»Sag wenigstens Danke. Wegen dir bekomme ich

noch eine Sehnenscheidenentzündung.« Übertrieben heftig schüttelte Nik die Hand aus.

»Danke.« Sogar ein Lächeln gelang Cedric. »Sei froh über den Job.«

Niks Seitenblick traf ihn messerscharf. »Und warum sollte ich das sein?«

»Weil dich in diesem Kaff nichts von deiner Arbeit ablenkt.«

»Bis auf dich und deine Notfall-Sofortmaßnahmen-Zwangsfickereien.«

»Du Glücklicher.« Wer besaß schon die Möglichkeit, sich täglich wund vögeln zu können?

Sarkasmus war eine gute Sache.

Niks Kopfschütteln fiel eindeutig resigniert aus. »Das ist das letzte Mal, dass ich dir aus deiner eingebildeten Scheiße helfe.« Laut sog er die Luft in die Lungen. »Drei Wochen, Kleiner. Danach such dir einen anderen, der dir deine Spinnereien aus dem Hirn rammelt.«

Eklig.

Das beschrieb das Gefühl am besten, das Niks Worte in ihm auslösten

Wenn ihm ein Bein oder ein Arm fehlen würde, wäre dem Dümmsten klar, dass er ab und an Hilfe brauchte. Zum Beispiel beim Schuhezuschnüren im *Arm-ab*-Fall.

Aber so?

Die Wahrheit sagen?

Zugeben, dass er ...

Im Auto wurde es stickig. Wo war die Luft hin?

Er öffnete das Seitenfenster, schnappte wie ein geangelter Fisch.

Zum Kotzen!

Er war erwachsen. Ihm hatten einsame Nächte gleichgültig zu sein. Wozu existierten Glühbirnen und

LED-Leuchten?

Sie halfen nur bedingt. An einem dunklen Winternachmittag war er aus dem Hörsaal geflohen, hatte auf dem Weg zum Klo Nik per SMS aus einem Seminar rauszitiert, um sich von ihm in der engen Kabine zur Vernunft vögeln zu lassen.

Danach war der erste, wirklich heftige Streit vom Zaun gebrochen.

Du bist ein Psycho. Finde dich damit ab.

Cedric konzentrierte sich auf schmale Straßen, die rechts und links von der Hauptstraße abzweigten. »Beim Friseurladen links rein.« Seit damals hatte sich kaum etwas verändert. Einige Ladengalerien standen leer. Dafür war das Dach der Kirche neu eingedeckt.

Gedrungene alte Butzen mit schiefen Regenrinnen und Pappe vor den Fenstern neben modernen Appartеmentwohnungen. Mülltonnen hinter Buchsbaumhecken, Fensterbilder an frisch geputzten Scheiben.

Ob die Menschen dahinter das Gefühl kannten, in völliger Finsternis gleichzeitig abgeleckt und in den Arsch gefickt zu werden?

»Da vorn ist es. Oder? Das Haus mit den grünen Fensterläden. Hast du nicht davon erzählt?« Niklas setzte den Blinker und bog in den Lärchenweg ein.

Eine schmale Sackgasse. Sie endete an der Rückseite des Stadtparkes, in Sichtweite der Schlossruine.

Damals war sie wegen Baufälligkeit abgesperrt gewesen. Das hatte Cedric nicht gehindert, durch die dachlosen Räume zu stromern und die halb eingestürzten Treppen zu erklimmen.

Ein Griff von hinten an die Kapuze, eine Hand auf seinem Mund. Sie stank nach Alkohol und Rauch.

Cedrics Sicht verschwamm. Falsch, ganz falsch. Alles

war längst vorbei. Verdammt! Die Ruine war zu nah. Das war das Problem.

Er schlug die Hände vors Gesicht, als wollte er sich die Augen reiben.

»Krieg dich ein.« Nik boxte ihm in die Seite. »Ich lass dich nicht hängen. Aber danach ist Schluss.«

»Okay.« Er konnte es ihm nicht verübeln. Über ein Jahr hatte es Nik mit ihm ausgehalten. Damit brach er den Rekord. Irgendwann verließ den Motiviertesten das Verständnis.

»Hast du deiner Oma irgendwelche Zusagen rein arbeitstechnischer Natur gemacht?« Nik tippte an die Seitenscheibe. »Was ich sehe, erschreckt mich.«

Zwischen wuchernden Forsythien und knöchelhohem Gras lagen haufenweise Falläpfel.

»Büsche schneiden, diese faulenden Dinger aufsammeln, Rasenmähen.« Nik klang panisch. »Ich hasse Gartenarbeit.«

»Ich kümmere mich darum.« Alles, was ablenkte, war ein Geschenk.

Warum parkte der grüne Kombi direkt vor der Gartentür?

Ein Mann stieg aus. Er blickte sich um, streckte sich. Nach hinten gekämmte Haare, karierter Pullover, blauer Schal.

Die Beifahrertür öffnete sich. Der Typ dahinter bleibt sitzen.

Cedric!

Ein Foto von ihm steckte in Mikas Jeanstasche. Er war da. Einen Tag zu früh! Greta hatte sich im Datum geirrt.

Verdammt! Mika stand mit der Zahnbürste im Mund vorm Badezimmerfenster und sabberte Schaum, während Cedric jeden Moment das Haus betrat.

Er fegte alles, was ihm gehörte, in seine Plastiktüte und versuchte zeitgleich den Rest der Zahnpasta ins Waschbecken zu spucken.

Was vergessen?

Das Aftershave! Ein Geschenk von Greta. Es flutschte ihm aus der Hand, zerschlug auf den Fliesen.

Scheiße!

Aufsammeln?

Dauerte zu lange. Er musste weg.

Mika stopfte die Tüte in den Rucksack, schlich so leise und schnell wie möglich aus dem Bad und die Treppe hinunter.

Zu spät, um aus der Haustür zu flüchten. Ihm blieb bloß der Hinterausgang in den Garten.

Warum war Cedric nicht allein?

Sein Herz pochte im Hals, seine Wangen glühten. Wäre er mutig genug, ihm gegenüberzutreten und ihm alles zu gestehen? Müßige Frage. Cedric war nicht allein.

Wegen ihm.

Erneut sehnte er seinen Kopf gegen eine Wand.

Cedrics Haut hatte ein bisschen nach Seife geschmeckt. Sein Schwanz ganz wenig nach Urin durchsetzt mit dem Aroma, das er schon an einem Männerknie wahrgenommen hatte.

Die Stelle zwischen Hoden und Schenkeln nach … ihm fehlten die Worte, aber seine Zunge wusste genau, was er meinte.

Selbst beim Aussteigen schüttelte Nik noch einmal seine Hand. Er bog den Rücken durch, seufzte wie ein Greis. »Hoffentlich erwarten mich dadrin keine Spitzendeckchen und Alt-Frauen-Düfte.«

»Punkt eins: ja. Punkt zwei: nein.« Cedric verstaute ein wesentliches Teil von sich erst im Stehen.

Nik strafte ihn mit Augenrollen. »Du bist unmöglich. Machst du dir nie Gedanken, was andere von dir halten?«

»Nein.« In seinem Zustand konnte er sich Befindlichkeiten nicht leisten. Hinter ihm ragte die Ruine über die Kastanienbäume. Er musste sich nicht umdrehen, um das zu wissen. Ein kalter Schauder rann ihm zwischen den Schulterblättern hinab. Fast bildete er sich ihren modrigen Gestank ein, doch es roch nur nach nassem Asphalt und überreifen Äpfeln. Cedric atmete ein, bis der Brustkorb knackte.

»Ehrlich, du bist mir was schuldig.« Nik öffnete den Kofferraum. »Wie schaffst du es bloß immer, mich zu solch dämlichen Aktionen zu überreden?«

»Mit meinem Charme.«

»Ja klar.« Er drückte ihm eine Kiste mit Ladekabeln und Pappordnern in den Arm. »Bring die schon mal rein.«

Das Ding wog Tonnen. Cedric schleppte es zur Gartentür.

Garantiert saß Nik die halbe Nacht an der Arbeit. Was hieß: Licht, beruhigende, da vertraute Geräusche und die Gewissheit, nicht als Einziger noch wach zu sein.

Dafür war er ihm dankbar. Ein echter Freundschaftsdienst – wie das Vögeln danach.

Mit der Hüfte stieß er das Tor auf und stapfte über Löwenzahn und lila Blümchen. Sie überwucherten beinahe den gesamten Gartenweg.

»Deine Oma ist nachlässig.« Nik schüttelte den

Schlüssel aus dem speckigen Lederetui. »Wer weiß, was uns im Haus erwartet?« Seine Katastrophen prophezeiende Stimme wurde vom Efeu geschluckt. Er rankte sich bis hoch zur Regenrinne. »Überall Unkraut«, brummte er und schloss auf. Plötzlich erstarrte er. »Riechst du das?«

»Was?«

»Aftershave!«

»Du spinnst.« Greta war zwar eigenwillig, aber Herrendüfte gehörten nicht zu ihrem Repertoire.

»Wenn ich es dir doch sage!«

Cedric drängte sich an ihm vorbei. Im Flur waberte eine Duftwolke. Im Prinzip roch sie gut. Sehr gut sogar. Richtung Treppe nahm es an Intensität zu. Cedric schnupperte sich in den ersten Stock.

Die Tür zum Badezimmer stand auf. Auf den Fliesen vor dem Waschbecken schillerten blaue Scherben in einer durchsichtigen Pfütze. Er stellte die Kiste auf dem Klo ab. Die Glassplitter funkelten in der Nässe. Sauber, schön, wie zerbrochene Edelsteine. Automatisch zog er das Handy aus der Hosentasche, hockte sich hin und fotografierte aus unterschiedlichen Winkeln.

»Dein Ernst?«, schnaubte Nik über ihm. »Wisch die Sauerei weg!«

»Ich mag sie.« Vorsichtig schob er mit der Fingerspitze die Stücke zu einem Muster, knipste sie erneut. »Und ich rieche sie gern. Weshalb benutzt du nicht diese Sorte?« Niks Aftershave war einen Touch zu lieblich.

»Passt dir mein Geruch nicht?«

»Er ist zu süß.« Mit der Nase über dem herben Duft wurde ihm das zum ersten Mal bewusst.

»Vorhin hast du dich nicht beklagt.«

»Das war ein Notfall.« Wie jeder einzelne Fick ihrer seltsamen Beziehung.

»Du bist krank«, murmelte Niklas. »Echt richtig krank.«

»Weiß ich.«

»Genau wie deine bescheuerten Bilder.«

Nein. Sie waren splitterig, scharf. Sie knirschten. Wenn er die Lautstärke der Videos nach oben regulierte, kreischten die Scherben sogar. Wie er in seinen Träumen. Bis zu dem Moment, wo seine Stimme verschwand.

Cedric stieg über die Pfütze und öffnete das Fenster. Der Duft reifer Äpfel streifte seine Nase, bevor er im Parfumdunst unterging. Seltsam, im hinteren Teil des Gartens war der Rasen raspelkurz. Keine Spur von Fallobst und Laub. Hatte Greta doch den Gärtner bemüht?

»Hat deine Oma einen Freund?« Niklas deutete auf die Spiegelablage. Ein Nassrasierer lag neben einer Packung Kukident.

»Wenn, dann hat sie niemandem aus der Familie davon erzählt.« Anscheinend hütete auch sie ein paar Geheimnisse.

»Ist sie nicht zu alt für so was?« Nik schnappte sich seine Kiste und stapfte Richtung Gästezimmer »Apropos: Tu mir einen Gefallen und beschränke die Trostfickereien auf nach Mitternacht und morgens vor dem Frühstück.«

»Weshalb?«, rief ihm Cedric hinterher. Langsam musste sich Nik an die Spontanität der Panikattacken gewöhnt haben.

»Weil ich Ruhe zum Arbeiten und ...« Nik drückte mit dem Ellbogen die Klinke hinunter. »... Scheiße!«

»Was ist?«

»Das Bett ist benutzt.« Vorsichtig ging er einen Schritt hinein, schaute dabei in jede Ecke. »Sagtest du nicht, deine Oma wäre seit gestern unterwegs?«

»Sie hat ihr eigenes Bett.«

»Dann hat jemand bei ihr übernachtet. Ich sag doch, sie hat einen Freund.«

Die Decke war nachlässig aufgeschlagen, das Kissen eingedrückt.

»Scheint so.« In fortgeschrittenem Alter rutschte einem schon Mal was aus den Fingern. Wahrscheinlich vergaß man es auch zwei Sekunden später und wunderte sich, woher der Gestank kam.

Apropos. Wurde Zeit, dass er ihn beseitigte.

Er schlenderte ins Erdgeschoss zurück und betrat die Küche. Mildes Licht schien zum Fenster herein. Er lehnte sich an die Anrichte.

Dieselben Zierdeckchen, dieselben Kaffeepötte mit Blumenmuster, das Kieselmonster, das er Oma mit Heißkleber gebastelt hatte. Alles war wie früher. Bloß er nicht.

Heißer Kakao, mit Butter beschmierte Käsebrötchen und das leise Knistern aus dem alten Kohleofen. Die Szene sprang ihn an und erdrückte ihn vor Behaglichkeit. Cedric schüttelte sie ab. Spätestens heute Abend löste sie sich ohnehin in Rauch auf.

Er durchsuchte die Schränke und fand einen Putzeimer samt Kehrblech und Feger unter der Spüle. Sie war mit schmutzigem Geschirr vollgeräumt.

Ebenso wie der Küchentisch.

Ein Teller mit Krümeln, ein verschmiertes Messer, eine halb leere Kaffeetasse und ein Nutellaglas, in dem ein Esslöffel steckte.

Er zog den Löffel aus der süßen Paste und leckte ihn ab.

Süß, fettig, gut.

»Cedric!«, brüllte es von oben. »Es stinkt!«

»Komme gleich!« Er schnappte sich die Putzsachen und trabte zurück ins Bad.

Bevor die Scherben im Müll landeten, knipste er sie ein letztes Mal. Er fegte sie aufs Kehrblech, drückte den Deckel des Mülleimers auf.

An seinem Rand klebte ein Kondom.

Benutzt.

Kein kleiner Spritzer, oh nein. Dadrin war eine richtige Ladung. Zum Neidischwerden. Gretas Freund war agil. Wie alt mochte er sein?

Ein mittelprächtiger Schauder erfasste ihn. Bis auf Weiteres verbot er sich zu diesem Thema das passende Kopfkino.

Er verknotete die Mülltüte mit ihren potenziellen Gerüchen und wischte über die Fliesen.

Aus dem Gästezimmer klapperte es währenddessen leise. Beeindruckend. Nik kam an, ließ alles fallen und begann sofort mit der Arbeit. Cedric besaß nicht halb so viel Disziplin. Am besten, er verschaffte sich einen Überblick zu seinem eigenen Aufgabengebiet. Haushalt, Garten und Einkaufen. Greta hatte ihm geschrieben, dass sie für ihn Geld auf dem Schreibtisch im Wohnzimmer deponiert hatte.

Er ging zurück nach unten, entsorgte die Tüte im Hausmüll.

Auf dem wuchtigen Holzungetüm mit gedrechselten Beinen lagen geöffnete Briefe, Werbeprospekte und eine Stiftablage.

Kein Geld.

Cedric durchsuchte die Schubladen. Beim zweiten Versuch wurde er fündig.

Ein Umschlag mit der Aufschrift *Haushaltsgeld*. Er enthielt ein paar fünfzig Euro Scheine. Darunter kam ein quadratisches Päckchen zum Vorschein. An der Schleife klebte eine Karte.

Lieber Cedric, alles Gute zum fünfzehnten Geburtstag.

Hatte Greta das Geschenk vergessen? Er riss das bunte Papier ab. Ein Buch. Weiße Seiten, ein gefütterter Einband mit Graffitis. Ein Tagebuch.

Wer benutzte so etwas noch? Jedenfalls kein fünfzehnjähriger Junge.

Es gab Facebook, Blogs. Dort bestand eine gewisse Chance, auch seine Mitmenschen mit dem eigenen Seelenmüll vollzuspammen. Wahrscheinlich war es Greta zu peinlich gewesen und sie hatte sich das mit dem Tagebuch noch einmal überlegt – nachdem sie jemand Kompetentes gefragt hatte, was man männlichen Teenagern am besten schenkte.

Er setzte sich an den Tisch, suchte aus der Ablage einen angespitzten Bleistift.

Hallo vergessenes Geburtstagsgeschenk!

Bin bei Greta, mit Nik zusammen. Er findet es bloß mittelprächtig berauschend. Danach wird er mich verlassen. Ich kann damit leben, muss mich nur um Nachschub kümmern.

Widerlich kaltschnäuzig. War er tatsächlich so? Wie einen abgetragenen Pullover plante er, seinen Beziehungspartner gegen einen neuen auszutauschen. Wenn es ihm wenigstens leidtun würde, aber alles, was er empfand, war ein leises Bedauern und Angst, nicht schnell genug einen anderen an der Hand zu haben.

Er mochte Nik. Dummerweise war das *Mögen* meilenweit von *lieben* entfernt. Vielleicht war das alles, was bei ihm ging.

Oma hat einen Freund. Im Badezimmermülleimer lag ein benutztes Kondom. Nur halb eklig, da ziemlich frisch. Erstaunlich, dass sie in ihrem Alter noch Lust auf Sex hat. Sie schrammt die Achtzig.

Hoffentlich ist der Kerl kein Erbschleicher und wesentlich jün-

ger als sie. Das würde zumindest die Riesenportion im Gummi erklären. So oder so: Respekt!

Was schrieb er für einen Schwachsinn. Greta konnte tun und lassen, was sie wollte.

Möglich, dass die beiden hoffnungslos vernarrt ineinander sind und nur miteinander vögeln, wenn sie vor Liebe überfließen. Nicht nur ins Gummi, sondern auch aus dem Herz.

Habe keine Ahnung, wie sich das anfühlt, Sex ohne Zwang. Als Geschenk für sich und den anderen. Freiwillig und federleicht.

Cedric kaute auf dem Stift und starrte vor sich hin.

Den anderen in einem langen, knabbernden Kuss auf sich locken. Sanfte Liebkosungen an Hals und Ohren spüren. Kein Zerren an den Kleidern, kein wildes Pumpen am Schwanz. Überhaupt keine Eile. Zeit haben, weil der Weg zur Klippe wichtiger war als der Sprung darüber.

Keine Notwendigkeit, kein atemabschnürendes Gefühl, das vertrieben werden musste. Cedric seufzte. Der Druck in seiner Brust nahm zu.

Regen vor den Fenstern.

Fallende Blätter.

Er malte graue Kringel in die Ecken des Blattes.

Keine Chance. Er würde es nie schaffen, sich zwanglos hinzugeben.

Kein Verschmelzen, bloß ein Fick und nur zu einem einzigen Zweck: die Panik zu vertreiben.

In den Zimmerecken hockte Dunkelheit. Tropfen rannen in Zeitlupe an den Fensterscheiben hinab.

Da lagen Scherben. Überall auf dem Schutt. Total staubig und blind. Ich habe mich auf sie draufgestellt und zugehört, wie sie zerbrochen sind. Keine Ahnung, warum ich in die Ruine gegangen bin. Alle anderen waren längst weg und kalt war es außerdem. Die ganze Zeit hat es mir im Nacken gekribbelt, aber niemand war da, der mich hätte beobachten können.

Plötzlich knirschte es hinter mir. Ich weiß noch, wie sich das Geräusch der aneinanderschrammenden Glasscherben bis in mein Hirn bohrte. Und dann ...

Die Zeilen tanzten vor seinen Augen. Seine Hand zitterte, dass er kaum den Stift halten konnte.

Schweinescheißekelangst. Peinliches Drecksschämen vor mir selbst. Kotzwiderliches Nackengefühl.

Muss ich mich totvögeln lassen, um endlich frei zu sein?

Dann gäbe es zwei Leichen. Ihn und mich.

»Scheiße!« Er sprang auf, fegte das Buch vom Tisch.

Das mit dem Totvögelnlassen war eine gute Idee.

Ein kühler Lufthauch streifte seinen Nacken. Ein frischer Duft von Äpfeln wehte durchs Zimmer – mit einem Hauch nasser Wolle.

Leise Schritte.

Cedric fuhr herum. »Nik?«

Keine Antwort, bloß der seltsame Geruch. Cedric ging ihm nach.

Die Tür zum Garten stand einen Spalt offen. »Nik?« Er hatte ihn nicht die Treppe hinunterkommen hören. Cedric trat auf die Terrasse. Niemand war da.

Nur Bäume mit tropfenden Ästen, ein paar vereinsamte Gartenstühle und das rostige Schaukelgestell, das schon früher bei jedem Schwungholen gequietscht hatte.

Er wischte mit dem Ärmel über das Schaukelbrett, setzte sich darauf und stieß sich ab.

Schön, das winzige Kribbeln im Bauch.

Beinah wäre es passiert. Cedric hätte sich bloß umdrehen müssen. In nassen Strümpfen und mit angebissenem Apfel in der Hand drückte sich Mika in die Ecke zwischen Garderobenschrank und Wand und kämpfte mit dem Schwindel.

Erst im Garten war ihm aufgefallen, dass er keine Schuhe trug. Vor Schreck hatte er sie vergessen. Er besaß nur dieses Paar. Er konnte nicht ohne sie weggehen. Sie standen unter der Treppe. Zum Glück hatte sie Cedric nicht bemerkt.

Alles war still gewesen, er hatte gedacht, Cedric sei oben bei seinem Freund.

Das erste Mal seit neun Jahren war er ihm so nah gewesen.

Mikas Herz holperte. Es sehnte sich nach dem einzigen Menschen, den er jemals geliebt hatte.

Den Wunsch konnte er sich abschminken. Cedric hasste ihn. Was sonst?

Dabei wusste er nicht einmal, wie er aussah. Vermutlich benötigte Hass so etwas nicht, um abgrundtief zu sein.

Liebe schon. Sie wollte sich erinnern. Deshalb betrachtete er stundenlang Cedrics Fotos an den Wänden.

Sie wurden ihm nicht gerecht. Sie erzählten weder von dem leichten Beben in den Nasenflügeln noch von der Haarsträhne, die im Luftzug sein Ohr kitzelte.

Nur das Schlechte zeigten sie: den angespannten Zug um den Mund und den gehetzten Blick.

Ob es Cedric besser ging, wenn ihm Mika gestand, was für ein Dreckskerl er war? Dadurch verlieh er dem unsichtbaren Angreifer von damals ein Gesicht, in das Cedric spucken und treten konnte. Vielleicht beendete das seine Angst.

Oder machte sie schlimmer.

Ein splitterscharfer Gedanke.

Mika raufte sich die Haare. Er hatte Cedrics Leben versaut. Wegen was?

Ein Augenblick gestohlener Intimität. Ein Moment erzwungener Nähe und Wärme.

Mika rutschte an der Wand hinab. Seine Beine wollten ihn plötzlich nicht mehr tragen.

Es war richtig, im Dreck zu sitzen und um Cents zu betteln. Es war richtig, dass er oft zu wenig bekam, um essen zu können. Es war richtig, ununterbrochen zu frieren und an Orten zu schlafen, die stanken. Deshalb hatte ihn schon seine Mutter zum Teufel gejagt.

Weil er es verdient hatte.

Dass Greta ihm half, funktionierte nur, weil er ihr verschwieg, dass er Abschaum war.

Mika schmeckte Galle.

Keine Ausrede. Kein Versehen. Zwar war er betrunken und bis hoch zu den dreckigen Ohren unglücklich gewesen, doch das war kein Grund, einem anderen Jungen die Kleider vom Leib zu reißen und sich in ihn zu schieben.

Egal, wie fantastisch es sich angefühlt hatte.

Hätte ihn Cedric bloß erschlagen, statt ihn nur schachmatt zu setzen.

Wahrscheinlich hatte er nicht einmal gewusst, was Jungen miteinander anstellen können, um ein paar Momente in schmelzendem Glück zu baden.

Mika schon.

Trostficks. Sie hatten ihm gefallen, obwohl er nie sein Herz dabei verschenkt hatte. Bis zu dem Augenblick, als er Cedric im Arm gehalten hatte.

Mika ballte die Fäuste. Er war das Problem. War es immer gewesen. Für seine Mutter, für die Lehrer, für jeden Menschen, der ihm nahekam. Greta war die Ausnahme. Sie war zu alt, um zu begreifen, was sie sich ins Haus geholt hatte.

»Es tut mir so leid.« Was für ein abgedroschener Satz. Sogar geflüstert wirkte er schal.

Ob ihm Cedric einen Euro in die Mütze werfen würde? Oder ginge er an ihm vorbei, den Blick stur geradeaus, wie so viele andere?

Keine Münze. Mika wollte Vergebung. Nicht in Cent, sondern in Scheinen.

Verlor er den Verstand? Vergebung gehörte zu den Dingen, die ihm nicht zustanden.

Er sollte seine Schuhe schnappen und abhauen.

Die Kälte kroch tiefer in ihn. Sie schlängelte sich von den nassen Füßen hinauf bis zum Herz.

Aus dem Garten drang ein nerventötendes Quietschen.

Cedric schaukelte? Es goss in Strömen.

Vorhin, als er auf Zehenspitzen an der Tür vorbeigeschlichen war, hatte er am Tisch gesessen und in ein Buch geschrieben. Plötzlich hatte er es an die Wand geschleudert.

Was verdammt, stand da drin? Mika erhob sich, schnappte seine Schuhe und huschte ins Wohnzimmer.

Ein Notizbuch. Der Rücken war gebrochen und die Seiten zerknittert. Er strich sie glatt.

Mika starrte auf die Zeilen. Las, verstand nichts. Las wieder von vorn.

Knirschende Scherben. Daher die Bilder auf seinem Blog.

Gestank. Scham. Angst.

... Muss ich mich totvögeln lassen, um endlich frei zu sein?

Die Worte schlugen ihm in den Magen. Mika krümmte sich, das Buch glitt ihm aus den Fingern.

Wenn er sich jetzt davonstahl, machte er sich zum zweiten Mal schuldig.

Seine Augen brannten. Er wischte mit dem Ärmel darüber.

Das Quietschen aus dem Garten verstummte. Gleich kam Cedric zurück.

Mika legte eine Hand auf sein Herz. Es pochte wie verrückt. Nichts erwarten. Schon gar kein Verständnis oder Vergebung. Einfach nur gestehen.

Regen und Kälte tropften ihm in den Nacken, schwemmten die Wärme aus ihm, nahmen das bleischwere Gefühl jedoch nicht mit.

Der Tag war ein vermummter Abend. Dunkel und grau. Er schnürte ihm die Kehle zu. Noch half tiefes Einatmen, aber bald würde er hilflos nach Luft schnappen.

»Scheiße!« Mit der flachen Hand schlug er ans Schaukelgestell. »Verfluchte Scheiße!« Immer wieder, bis er das prickelnde Brennen im gesamten Arm spürte.

Er hatte die Schnauze voll. Es quoll ihm aus jeder Pore. All die Jahre ducken. Unter der Angst, unter der Nacht. Ständig den Atem anhalten, damit ihm kein Geräusch entging. Ununterbrochen auf der Hut sein.

Die Krönung war das Betteln um Rettung.

»Verdammt, Nik. Tu's doch freiwillig.« Ein Korken in Übergröße verstopfte ihm den Hals, sonst hätte er laut gelacht.

Er konnte froh sein, dass Nik ihn nicht früher verlassen hatte.

Cedric sank auf die Knie. Der Matsch schmatzte unter seinem Gewicht.

Warum tickte er so? Weshalb verabscheute er es nicht, wenn ihm ein Schwanz in den Arsch gesteckt wurde? Das wäre normal! Stattdessen krallte er sich an Sex, als hinge sein Leben daran.

Noch war es leicht, Kerle zu finden, die Niklas' Job übernehmen wollten. Er lieferte ihnen immerhin den Freifahrtschein fürs Dauerficken. Bis sie begriffen, dass unter ihnen ein Psycho stöhnte, der all ihre Gefühle schluckte und nichts davon zurückgab.

Aber irgendwann war er alt. Was dann? Die Dämonen im Suff ertränken? Als elender Tattergreis im Straßengraben landen? Zu irre, um sich von irgendjemandem helfen zu lassen?

»So lange hältst du's gar nicht aus, Cedric Weimann.« Seine Stimme wurde vom Regen geschluckt.

Wasser tropfte von seiner Nase, zerplatzte beim Aufschlagen in winzige Perlen. Er sah ihnen zu, bis er sich kaum noch spürte.

Mit steifen Beinen stand er auf.

Half ein Fick auch gegen Leere? Sie hatte sich mit der Kälte zusammen in seinen Körper gefressen.

Die Wiese und der Gartenweg waren aufgeweicht. Er schlitterte zurück ins Haus, streifte die Schuhe ab und zog den klatschnassen Pullover aus.

Er zitterte, dass ihm die Zähne zusammenschlugen.

Ein heißes Bad? Vielleicht konnte er Nik überreden ...

Apfel! Der Geruch stand wie eine Säule im Flur, überdeckte den Rest des Aftershaves. Wo zum Henker, kam der Duft her?

Aus dem Wohnzimmer.

»Nik?« Hoffentlich fand er das Tagebuch nicht.

Es lag aufgeschlagen auf dem Tisch. Was machte der Apfelkrips daneben?

Habkeineangstmehr. Die Blogbuchstaben zogen sich quer übers Blatt. Verdammt, Niklas hatte es gelesen.

Er riss die Seite aus. Ab in den Papierkorb damit!

47

»Bringt nichts.«

Himmel! Cedric zuckte zusammen wie unter Strom.

Ein Typ mit Dreadlocks und Rollkragenpullover lehnte am Türrahmen.

Wie zum Teufel war er reingekommen?

Seine Kleidung war zerschlissen. Die Jeans franste an den Hosenbeinen aus und aus den Ärmeln des Pullovers hingen lose Fäden. Warum waren seine Socken nass und dreckig?

»Wer bist du?« Gott, klang er quietschig.

»Rate«, sagte der Mann leise. An den Schultern waren dunkle Flecken vor Nässe.

»Woher soll ich ...« Gretas Geliebter! Cedric lachte erschrocken auf. Unmöglich. Der Mann war viel zu jung. Höchstens dreißig. »Der Gärtner?« Das musste es sein. Cedrics Puls beruhigte sich etwas.

»Ja, manchmal.« Der Kerl lächelte, was sein Gesicht noch hagerer wirken ließ. »Du bist Gretas Enkel. Sie hat mir gesagt, dass du kommst.« Er kam zu ihm, reichte ihm die Hand. »Ich bin Mika.« Seine Finger schlossen sich fest um Cedrics. Sie waren ebenso eisig wie seine.

»Welcher Mika? Meine Oma hat mir nie von dir erzählt.«

»Ich weiß.« Verlegen zupfte er an seinem Kinnbart. »Sie hat Angst, dass ihr sie für senil haltet und einen Aufstand vom Zaun brecht, wenn ihr erfahrt, dass sie einem Penner ab und zu Obdach gewährt.«

»Was?« Cedric verstand bloß Bahnhof.

»Normalerweise verdiene ich mein Geld in Fußgängerzonen und schlafe auf Parkbänken.« Er sagte das, als sei es das Normalste auf der Welt. »Willst du wissen, woher mich deine Oma kennt?«

»Nein.« Er wollte nur eines: das dieser Mika endlich

verschwand.

Stattdessen beugte der sich über den Papierkorb, fischte den zerknüllten Zettel heraus. »Sie hat mich vor ein paar Jahren am Straßenrand aufgesammelt. Ich hatte eine miese Nacht hinter mir und war dankbar, mich in einem warmen Bett ausschlafen zu können.«

Ja sicher! »Verarsch mich nicht.« Greta war eigen, aber nicht leichtsinnig. Eine alte Frau holte sich keine Penner ins Hause.

Unter den dichten Wimpern hervor traf ihn ein erstaunlich sanfter Blick. »Würdest du einen kotzenden Jungen mit blutüberströmtem Gesicht links liegen lassen?«

Cedric schüttelte den Kopf. Natürlich nicht.

»Siehst du.« Mika führte das Blatt Papier zum Mund, tippte mit der Zungenspitze an eine der oberen Ecken. »Deine Oma auch nicht.« Er setzte sich auf die Tischkante, baumelte mit einem Bein. »Ich war sechzehn.« Nebenbei las er das verdammte Geschreibsel.

Cedric wollte es ihm aus den Fingern reißen.

Mika war schneller und hielt es hoch. »Bitte hör mir zu.«

Diese Augen. So unendlich ernst. Nein, eher traurig.

»Verschwindest du dann?« Warum konnte seine Stimme nicht hart und entschlossen klingen? Cedric räusperte sich. »Und zwar schnell!« Verdammt! Sie klang immer noch nach Zweifel und Angst.

»Versprochen.« Selbst leise klang Mika kerniger, als es Cedric jemals gelingen würde. »Du wirst mich danach nie wiedersehen.«

Cedric umklammerte seine eigene Hand. Sie wollte das Kinn des Mannes treffen und ihm den Zettel entreißen.

»Greta fragte mich: Läuse? Irgendwas Ansteckendes? Drogenabhängig?« Mika faltete aus dem Papier einen Malerhut und schließlich ein kleines Boot. »Ich verneinte alles. Bis auf die Sache mit den Drogen. Frustsaufen war mein einziges Hobby zu der Zeit. Habe ab diesem Tag aber keinen Tropfen mehr angerührt.«

»Erwartest du dafür ein Lob?«

»Nein.« Er setzte das Tagebuchseitenboot auf der Tischplatte ab. »Ich erhoffe mir Vergebung für etwas, das schon lange zurückliegt.« Mit der Fingerspitze schob er es bis zur Stiftablage. »Ich möchte es trotzdem ungeschehen machen, obwohl ich mir damit etwas Wundervolles wegnehme.«

Redete so ein Penner? Cedrics Bild dieser versifften Typen begann zu bröckeln. Mika passte partout nicht hinein.

Saubere Fingernägel, eine leicht heisere aber angenehme Stimme, klare, graue Iriden, die nichts von Alkohol oder Drogen verrieten. Sogar die Nase gefiel Cedric. Wegen des hageren Gesichtes wirkte sie ein bisschen zu dominant.

Einige Fältchen um die Augen, zwei tiefe rechts und links um die Mundwinkel. Sicher war Mika älter als er. Wahrscheinlich aber nur halb so alt, wie seine Kleidung. Dennoch wirkte er nicht wie einer, der vor Kaufhäusern hockte und bettelte.

»Es war nicht geplant, dass du mir begegnest.« Mika neigte den Kopf, lächelte, doch sein Blick blieb ernst. »Greta meinte, ihr kommt erst morgen.«

»Hat sie das, ja?« Was wollte der Kerl?

»Ich werde mir wohl eine andere Möglichkeit zum Duschen suchen müssen.«

»Du benutzt das Bad?« Also stammte der Scherbenhaufen von ihm.

»Natürlich.« Mika zog die Brauen hoch. »Ich rieche gern gut, auch wenn ich es selten einrichten kann.«

»Ist mir klar.« Immerhin lebte er auf der Straße.

»Was? Dass ich gerne gut rieche oder dass ich selten dazu komme?«

»Beides.« Verdammt. Das Kondom! Eine fiese Szene mit ihm und Oma flitzte durch Cedrics Hirn.

Scheiß der Hund drauf, er musste es wissen. Auch zu dem Preis, dass er Greta nie wieder in die Augen sehen konnte.

»Das Gummi im Badezimmermüll.« Über Brust und Hals kroch eine unangenehme Hitze. »Mit wem hast du gevögelt?« Als ob ihn das etwas anginge.

»Mit mir.« Eine zarte Röte stieg in die eingefallenen Wangen und ließ sie voller aussehen. »Ich wollte Gretas Bettzeug beim Wichsen nicht versauen.«

Gute, absolut naheliegende Erklärung. Tausendmal leichter zu verdauen als jede Alternative.

»Was hast du denn gedacht?« Mika lehnte sich zurück. Sein Blick ging Cedric durch und durch.

Wieso? Er war bloß ein Penner! Trotzdem wartete er auf eine Antwort. Also gut.

»Ich habe mir Gedanken um Gretas Moral gemacht.« Cedrics Mundwinkel zogen sich von allein in die Höhe. Seine Oma und Mika. Der Gedanke war völlig grotesk.

Mika grinste ebenfalls.

Schmale, aber dennoch sensibel wirkende Lippen.

Die Fältchen um die Augen gruben sich tiefer. Das Grau begann zu leuchten.

Verdammt, Mika war auf eine zerlumpte Weise ungemein attraktiv.

»Es tut mir leid, wenn ich euch Mühe gemacht habe.«

Mit seiner leisen, rauen Stimme berichtete er von dem Missgeschick mit dem Aftershave.

Cedric gab jeden Versuch, seinen Blick von ihm abzuwenden, auf. Ob er ihn zum Abendessen einladen sollte? Immerhin war er ein Freund seiner Oma.

Nik würde wahrscheinlich die Motten kriegen.

»... hatte meine Schuhe vergessen. Deshalb haben wir uns getroffen.«

»Bitte?« Cedric tauchte aus seiner geistigen Versenkung auf. Von dem, was Mika erzählt hatte, war kaum etwas zu ihm durchgedrungen.

»Meine Schuhe.« Mikas Zehen wackelten in den feuchten Socken.

Er war bei diesem Sauwetter in Strümpfen rausgerannt?

»Deine Füße sind bestimmt kalt.« *Schlau, Cedric!* Er kniff die Lider zusammen. Außerhalb seiner selbst gewählten Dunkelheit lachte es leise.

»Ja. Das ist mein Problem.«

Tief und samtig. Die Stimme als auch das Lachen. Tausendmal vertrauenerweckender als die zerschlissene Kleidung.

»Was ist mit dir? Frierst du nicht?«

»Es geht.« Komisch. Trotz der Nässe, die längst seine Haut erreicht hatte, war ihm warm.

Mika nickte, schwieg, wischte seine Hände verstohlen an der Jeans ab. War er nervös? Tröstend, dass es ihm ebenso erging, wie Cedric.

»Ich sollte ...«

»Nein.« *Bleib!*

»Bitte?«

Verdammt, irgendetwas Sinnvolles musste ihm einfallen, um das Gespräch in Gang zu halten.

»Du magst Äpfel?« Sehr sinnig.

Mikas Brauen wanderten höher in die Stirn.

»Deswegen.« Cedric zeigte auf den abgeknabberten Rest. Gut, dass er es gewohnt war, sich ständig bloßzustellen. Dadurch rangierte diese abstruse Situation nur im unteren Drittel der Skala sämtlicher Peinlichkeiten, die er sich dank seines Handicaps schon geleistet hatte.

Wieder das Lachen. Es fuhr ihm kribbelnd in den Bauch.

»Ich stand in der Tür und habe dich beim Schreiben beobachtet. Du warst so versunken, dass du es nicht mal gehört hättest, wenn ich abgebissen und gekaut hätte.«

»Ich habe es gerochen.« Ein frischer, leckerer Duft. Cedric lief das Wasser im Mund zusammen. »Auch den Hauch nasser Wolle von deinem Pullover.«

Die grauen Augen weiteten sich. Plötzlich lag eine Ernsthaftigkeit in ihnen, als hätte er etwas zutiefst Trauriges gesagt. »Bist du ein Nasenmensch?«

»Ein was?«

Mika biss sich auf die Lippen. Für einen Moment wich er Cedrics Blick aus. »Einer, der erste Eindrücke mithilfe seines Geruchssinnes verarbeitet.«

»Kann sein.« Er hatte nicht gewusst, dass es solche Kategorien gab.

Mika ließ den Kopf hängen. »Das macht es schlimmer.«

»Was macht es schlimmer?« Cedrics Hände begannen zu zittern. Er stopfte sie in die Hosentaschen. Himmel, waren seine Nerven heute dünn.

»Alles«, sagte Mika leise. »Ich selbst bin ein Mundmensch.«

Kein Wunder bei den Lippen.

»Ich weiß, wie nasse Betonbrückenpfeiler schmecken.«

Cedric schüttelte es. Der Mann war verrückter als er selbst.

»Nach Einsamkeit.« Er rutschte von der Tischkante, reichte ihm das Papierboot. Seine Fingerkuppe streichelte über eine von Cedrics Narben, die sich quer über die Handfläche zog. »Die meisten Menschen würden sagen, der Geschmack eines Brückenpfeilers wäre eine Mischung aus Plakatkleber, Papierresten, Beton und einem kleinen bisschen Benzin. Plus Spucke, gewichstem Sperma, Pisse und vielleicht noch Kaugummi.«

Die Mini-Ikebana bebte in Cedrics Fingern.

»Aber sie hätten damit nur die Hälfte der Aromen erkannt.« Mika trat näher. Nur einen Schritt. Zwischen den braunen Barthaaren versteckten sich graue Glitzerfäden. »Wie riecht Dunkelheit für dich?«

»Nach alten Zigarettenkippen, nassen Backsteinen und Blut.« Die Worte sprudeln aus seinem Mund. »Nach Erbrochenem, nach Alkohol, nach ...« seiner eigenen Angst.

Mika schaute ihm in die Augen.

Cedric war noch nie so intensiv angesehen worden.

»Das tut mir leid.«

»Vergiss es.« Sein Herz schlug in jeder Körperzelle. »Hat nichts mit dir zu tun.« Eine Gänsehaut schüttelte ihn. Scharfer Schweiß. Auch so roch Dunkelheit. Sein Atem ging hektisch, ihm wurde schwindelig.

Cedric biss die Zähne zusammen. Durchhalten! Vor Mika durfte er nicht die Nerven verlieren.

»Dir geht es schlecht.« Plötzlich lag Mikas Hand in seinem Nacken. Kühl und fest. »Darf ich dir helfen?« Sein Mund. So nah. Sacht legte er sich auf die zitternden Lippen. Cedric war zu erschüttert, um sich zu wehren.

Eine sanfte Zungenspitze, die in den verkrampften Spalt stippte. Cedric öffnete ihn etwas.

Getupfte Zärtlichkeit, feuchtes Streicheln.

Cedric hielt still, ließ zu, dass ihm Mika die Angst von den Lippen leckte.

Dabei hasste er es, abgeleckt zu werden.

Kein Ekel, obwohl er darauf wartete.

Bloß kribbelnde Wärme und ein Herz, das hart, aber langsam schlug.

Kälte strich über seine Wangen. Verteilte Feuchtigkeit.

Ein Duft nach Äpfeln, Glassplittern und einer dunklen, schweren Note.

Mika.

Cedric kannte den Geruch eines Namens.

Ganz weit her ... Regen. Ganz nah ... ein Mund, den er nicht loslassen wollte, dabei hielt er ihn nicht fest.

Er berührte ihn. Tröstete.

Gedanken verabschiedeten sich, nahmen die Angst mit.

Misstrauen?

Verschwunden.

So leicht hatte sich Cedric das letzte Mal als Kind gefühlt.

»Draußen regnet es«, wisperte es gegen seine Lippen. »Ich richte mich im Waschkeller ein, Okay? Sobald das Wetter besser ist, bist du mich los.« Mika sah ihn mit einer Sanftheit an, die ihn streichelte. »Was ist mit dem Typ da oben?« Er nickte zur Zimmerdecke.

Cedric musste nach Luft schnappen, um genug für nur ein popliges Wort zu haben. »Niklas?«

»Er ist dein Freund, oder?«

»Er ist der Mann, der mich fickt, wenn ich's nötig habe.« Immer her mit den Demütigungen dieser Welt. Warum lügen? Das Leben eines Landstreichers war garantiert auch kein Zuckerschlecken.

Mika senkte die Lider und nickte, als sei Sex das gängige Mittel gegen Angstzustände. »Sollte Niklas mal keine Zeit für dich haben«, ein Blick aus verschatteten Augen fuhr ihm in die Knie, »würde ich dir bei deinem Problem gern behilflich sein.«

Cedric rang nach Atem. Etwas Unsichtbares umklammerte ihn, schob sich auf ihn. Panik und glühende Gier sprangen ihn gleichzeitig an, wurden im selben Moment durch Mikas Nähe vertrieben.

Staubtrockener Mund. Er sehnte sich nach den schmalen Lippen. Wollte nicht liebkost, sondern verschlungen und gebissen werden.

»Deine Ängste sind runtergefallen.« Mikas raues Timbre heizte Cedrics Verlangen zusätzlich an.

»Welche Ängste?« Er räusperte sich. Trotzdem klang seine Stimme nach Chaos.

»Die.« Mika zeigte auf das Faltschiffchen.

Es lag auf dem Fußboden. Es musste Cedric aus der Hand gefallen sein. Er hatte es völlig vergessen.

Er bückte sich, hob es auf. »Möchtest du mit uns zu Abend ...?«

Mika war weg.

Aus dem Flur raschelte und klapperte es. Eine Tür ging auf und wieder zu. Leise tappten Schritte auf der Kellertreppe.

Cedric fuhr sich mit den Händen durch die Haare, hielt sich an sich selbst fest.

Was war das eben gewesen?

Seit wann ließ er sich von Fremden küssen?

Von Pennern!

Das erwartete Entsetzen blieb aus.

Es war fantastisch gewesen.

Er musste sich setzen. Zu viele widersprüchliche Gefühle brandeten in ihm.

Vor ihm lag das Tagebuch.

Mikamitdenlippendienachäpfelnduften.

Der Bleistift flog übers Papier.

Ich will ihn wiedersehen.

Er war ein Obdachloser.

Machtnichts.

SPLITTERBLUT

Er hatte Cedric geschmeckt. Seinen Mund, seine Zunge. Auch ein bisschen Haut von der Wange.

Mika taumelte die Kellertreppe hinab.

Er hatte den schmalen Nacken berührt, seine Wärme gespürt. Wie damals war sie in ihn hineingesickert, um seinen Körper komplett auszufüllen.

Ein heißes Schaumbad von innen. So hatte es sich angefühlt. Mit platzenden Seifenbläschen, die überall in ihm prickelten.

Wie sollte er jetzt dieses Haus verlassen?

Wie, um Himmels willen, Cedric gestehen, dass er es gewesen war, der ihn zwischen Dreck und Unrat gevögelt hatte?

Mika sank auf die unterste Stufe.

Er kannte das Aroma von Cedrics Sehnsucht, hatte seine Angst geschmeckt.

Er wollte sie ihm ablecken, bis auf seiner Zunge nur noch Lust und glutheiße Erregung schmolzen. Mika legte die Hand auf sein Herz. Es pochte dagegen, als würde es gleich aus der Brust springen.

Nein, Cedric durfte ihn nicht hassen. Nicht nach diesem Erlebnis.

Sein Körper brannte. Mika rang nach Atem. Niemals vorher hatte er sich dermaßen beherrschen müssen. Fast hätte er Cedric die Kleider vom Leib gerissen, um ihn wie damals von oben bis unten genießen zu können.

Er wollte ihn. Oh Gott, es war schlimmer als beim ersten Mal. Er schlang die Arme um den Oberkörper. Sich selbst festhalten, um nicht zurück zu stürmen, Cedric zu verschlingen und ihn um den Verstand zu vögeln.

Das erledigte Niklas.

Mika hasste ihn.

Wie konnte Cedrics Haut nach Sehnsucht schmecken? Stillte sie sein Freund nicht?

Cedric ließ sich ficken, um nicht in der Angst zu versinken, die er ihm verdankte.

Für diesen Job war er bereit, alles zu geben.

Ich habe dir diese Giftbrühe eingebrockt, bitte, lass sie mich für dich auslöffeln.

Er sprang auf, lief hektisch hin und her. Unmöglich. Wie sollte er sich selbst vertrauen? Vielleicht würde sich Cedric ihm dieses Mal freiwillig hingeben, doch auch das wäre Verrat.

Er musste es ihm sagen.

Wie?

»Mika?«

Schritte auf der Treppe. Zuerst erschienen Füße in Sneakers, dann lange Beine in feuchten Jeans, schließlich der Rest von Cedric.

»Hier.« Er legt eine zusammengefaltete Wolldecke samt Sofakissen auf eine Kiste.

»Ich gehe gleich einkaufen, danach bringe ich dir etwas zu essen.« Fast schüchtern blickte er sich um. »Bist du sicher, dass du klarkommst?«

»Besser als unter einer Brücke.« In Mikas Mund wurde es nass bei der Vorstellung, Cedric ein zweites Mal zu küssen.

Cedric zog die Schultern hoch. »Ich würde dich auf dem Sofa schlafen lassen, wenn ...«

»Wirklich?« Dazu steckten in seinem Blick zu viele Bedenken. Der Kuss hatte sie anscheinend nicht verscheuchen können.

»Wirklich.« Cedric sah ihm in die Augen. »Greta vertraut dir, dann sollte ich das auch tun.«

Nein, solltest du nicht. Sicherheitshalber trat Mika einen

Schritt zurück.

»Was ich da geschrieben habe ...« Ein Lächeln erschien auf den sinnlichen Lippen und verschwand sofort wieder. »Nimm es nicht ernst.«

»Ich soll deine Ängste ignorieren?«

»Ja.«

»Sie scheinen elementar zu sein.« Den Anblick, als er voller Verzweiflung das Buch in die Ecke geschleudert hatte, vergaß Mika nie.

»Sind sie auch, aber ich will dir damit nicht auf den Geist gehen.« Cedric wandte sich ab. In Mika flammte der Wunsch auf, ihn in die Arme zu schließen.

Dieser Mann gehörte ihm nicht. Weder seine Probleme noch seine Lust. Er war Teil von Gretas Familie und teilte seinen Hunger nach Sex und Sicherheit mit dem tippenden Kerl im Gästezimmer. Mika besaß nicht den geringsten Anspruch auf ihn. Dabei wollte er ihn – so sehr.

»Ich sorge dafür, dass Niklas keinen Grund hat, hier herunterzukommen.« Wieder das flüchtige Lächeln. »Doch das Bad kannst du nicht mehr benutzten. Das merkt er ganz bestimmt.«

»Verlässt er nie das Haus?« Eine Frage um der Frage Willen und um die Unterhaltung in die Länge zu ziehen. Cedrics Nähe tat ihm unermesslich gut.

Die Sehnsucht nach einer Art Beziehung streifte sein Herz.

Allein der Gedanke war absurd.

Cedric runzelte die Stirn. »Alles klar mit dir?«

Nein. Mika fühlte sich wie der Verdurstende in der Wüste, nur dass das rettende Wasserglas direkt vor ihm stand und er es nicht austrinken durfte. Der Kuss war kaum ein Nippen gewesen. Dafür hatte er Mikas Begehren bis über jede Grenze hinaus geschürt.

Er musste hier weg. Wäre er ihm bloß nie begegnet.

»Geh'.« Das Wort schoss aus mir heraus. »Geh'!«

Cedric wich zurück, seine Augen groß wie die eines Kindes, das keinen Schimmer hatte, warum es bestraft wurde.

»Mach dir keine Mühe mit deinem Fickfreund. Mir ist scheißegal, ob er den Keller betritt oder nicht. In fünf Minuten bist du mich los.« Er wollte sich die Zunge für diesen Scheiß ausreißen.

Cedrics Miene wurde hart. »Okay, dann hau ab.« Er drehte sich um, stapfte die Treppe hinauf. Die Tür fiel laut ins Schloss.

Ihm nachstürzen, ihn an sich drücken. Ihn nie mehr loslassen und behalten, bis er starb.

Mika presste die Faust gegen die Stirn.

Cedric war kein Kanarienvogel und er kein Käfig.

Das Foto von ihm landete auf der Waschmaschine. Je weniger ihn an seine Liebe erinnerte, desto eher konnte er wieder geradeaus denken.

Im Haus war es still, als Mika aus dem Keller schlich. Die Tür zum Wohnzimmer war geschlossen. War er dort drin? Schrieb vielleicht weiter in dem Buch?

Letzte Chance, ihm die Wahrheit zu sagen.

Der Moment verstrich.

Mika verließ Gretas Haus mit einem Knoten ums Herz.

Er verriet Cedric zum zweiten Mal.

Cedric klammerte sich an den Waschbeckenrand. »Mieses, verficktes Arschloch!« Er, Mika, jeder verdammte Mensch auf dieser beschissenen Welt!

Was hatte sich der Kerl dabei gedacht? Erst küsste er ihn, dann scheuchte er ihn davon? Wer war hier der Penner, verdammt noch mal?

»Was geht denn mit dir ab?« Niklas' Gesicht tauchte über Cedrics Schulter auf. Im Vergleich zu Mikas war es zu breit und fleischig.

»Nichts!«, zischte Cedric. Winzige Tröpfchen sprenkelten das Glas. »Verschwinde und lass mich allein!«

»Ach ja? Wie lange?« Er verschränkte die Arme vor der Brust. Sie wirkten ebenfalls zu wuchtig. »Mein Tipp: bis es dunkel wird. Dann kommst du wieder angekrochen.«

Cedric drehte sich um. Er war kurz davor, in das feistes Grinsen zu schlagen.

»Und wenn nicht?« Nie wieder vor jemandem kriechen. Kein Betteln um Sex, kein Aufdrängen.

»Wird nicht passieren.« Nik beobachtete ihn gelassen durchs Glas. »Vorher rutscht dir bei deiner sogenannten Kunst ein Stück Fensterscheibe übers Handgelenk.«

Die Worte quollen auf, bis sie jede Ecke des Badezimmers füllten.

Cedric starrte den Mann an, der bloß die Schultern zuckte.

»Tut mir leid, Kleiner. Aber wir wissen beide, dass du dringend Hilfe brauchst. Nimm sie dir endlich. Wieso quälst du dich?« Er berührte Cedric flüchtig an der Wange und ging.

Ein blasser Typ mit flackerndem Blick und strähnigen Haaren sah Cedric aus dem Spiegel entgegen. Unfähig, sein Leben zu meistern, eine Plage für jeden, der ihm zu nahe kam.

Cedric ballte die Faust. Sie flog ihm mitten ins Gesicht.

Zersplitterndes Glas. Es klirrte, als die Scherben ins Waschbecken fielen.

Dicke Tropfen. Sie zerplatzen auf den Splittern, überzogen sie schillerndem Rot.

Cedric zog das Handy aus der Hosentasche.

Der Lkw-Fahrer musterte ihn kritisch, aber nicht unfreundlich. »Ich hole mir noch einen Kaffee, dann kannst du mitfahren.«

»Danke.«

»Kein Problem.« Der Mann verschwand im Tankstellenshop. Mika setzte sich auf seinen Rucksack. Bald war er in Berlin, saß vorm KaDeWe und beobachtete vorbeilaufende Passanten beim Wegsehen. Warum hatte er das Foto von Cedric zurückgelassen? Er hätte es ansehen, sich in Cedrics Leben träumen können, ohne ihn zu gefährden.

Mika steckte die kalten Hände unter die Achseln.

Eine Gefahr für Cedric.

War er das?

Er würde ihm nichts anderes antun, als ihn lieben. Solange er nicht über ihn bescheid wusste, konnte das eventuell sogar funktionieren. Cedric hatte sich in seinen Kuss fallen gelassen. Trotz des Misstrauens und der Angst. Sie umgab den Mann mit den sinnlichen Lippen ständig. Mit ein wenig Fantasie fiel es leicht, sich einen schwarzen Mantel um die schmalen Schultern vorzustellen. Er erstickte ihn. Tag für Tag ein bisschen mehr.

Ein dunkelgrüner Skoda-Kombi raste aufs Gelände. Mit quietschenden Reifen bremste er neben einer Zapfsäule.

Der Wagen von Cedrics Freund.

Niklas sprang aus dem Auto. »Du gottverdammter Idiot!« schimpfte er ins Innere, bevor er die Tür zuschlug und die Tankpistole aus der Verankerung riss.

Der Idiot war Cedric. Er saß auf dem Beifahrersitz, den Kopf an die Scheibe gelehnt. Sein Blick ging ins Nirgendwo. Er hielt seine Hand hoch. Sie war bandagiert. Was waren das für dunkle Stellen auf dem Verband?

Mika wartete, bis Niklas den Tankdeckel zugeschlagen und sich die Glastür hinter ihm geschlossen hatte.

Ein paar Minuten mit Cedric allein. Falsch! Mika rannte trotzdem zum Auto.

Cedric zuckte zusammen, öffnete jedoch die Tür. »Was willst du?«

»Dich.« Scheiße! »Ich meine, ich will wissen, wie es dir geht.« Er zeigte auf den Verband.

»Ich habe mich geschnitten. Nicht weiter schlimm.«

»Für eines deiner Bilder?«

»Du kennst meinen Blog?« Die hellen Brauen hoben sich.

»Greta hat ihn mir gezeigt. Sie macht sich Sorgen um dich.« Zum Teufel mit der Wahrheit!

»Oma surft im Netz?« Fluchend schloss er die Augen. »Dann wird sie mir bei nächster Gelegenheit eine Predigt halten.«

»Davon darfst du ausgehen.« Mika nahm vorsichtig die verletzte Hand, drehte sie zu sich. Der Stoff über der Innenseite des Handgelenks war weiß. Gott sei Dank.

»Ich sagte doch, es war ein Versehen.« Cedric wand sein Gelenk aus Mikas Griff, doch seinem Blick wich er aus.

»Wir müssen reden.« Wie sollte er sein feiges Schweigen länger verantworten?

»Geht nicht. Nik fährt mich ins Krankenaus. Der

Schnitt wird wahrscheinlich genäht.« Die Andeutung eines Lächelns huschte über das blasse Gesicht. »Wenn es dringend ist, kannst du morgen vorbeikommen.«

Bis dahin hatte ihn längst der Mut verlassen. »Pass besser auf dich auf.« Mika trat einen Schritt zurück. Cedric deutete ein Nicken an, schloss die Tür.

»Weg von meinem Wagen!« Niklas stürmte auf ihn zu. »Und lass meinen Freund in Ruhe!«

»Du fickst ihn falsch.« Amüsant, wie die wässrigen blauen Augen aus den Höhlen quollen.

»Was?«, schnappte der Mann vor ihm.

»Du stillst seine Sehnsucht nicht.«

»Woher will ein Penner wie du das wissen?« Die Schläfenadern puckerten. Viele kleine Schläge. Garantiert rauschte es bereits in Niklas' Ohren.

Mika löste sich von dem befriedigenden Anblick. »Ich habe es geschmeckt. Würdest du ihn lieben, wüsstest du, was ich meine.«

»Du kennst ihn?« Mit dem Daumen wies Niklas zu Cedric, der mit gleichgültigem Blick geradeaus sah.

»Ja.« Mika trat dicht vor den mittlerweile rotgesichtigen Mann. »Intensiver als du ihn jemals kennen wirst.«

Der Mund mit den fleischigen Lippen klappte auf.

Mika drehte sich um. Zeit zu gehen, sonst kam es zu einem handfesten Streit. Keine Frage, wer den Kürzeren zog. Zuerst dieser Niklas. Aber spätestens, wenn er mit einer gebrochenen Nase die Polizei rief, war er dran.

»Hey du!« Der Lkw-Fahrer hielt zwei Pappbecher mit Kaffee hoch. »Ich will los!«

Mika ging zu seinem Rucksack zurück, klemmte ihn sich unter den Arm.

Der Mann drückte ihm einen der Becher in die Hand. »Wer hat den Ärger angefangen?«, fragte er mit einem

Blick zu Niklas, der laut schimpfen ins Auto stieg.

»Ich. Vor neun Jahren.«

»Ist das nicht langsam verjährt?«

»Nein.« Das wäre es nie.

Nik klammerte sich ans Lenkrad und raste die Hauptstraße entlang. »Wie kommt dieser Penner auf die Idee, ich würde dich falsch ficken?« Er schnaufte wie ein Stier mit drei Speeren im Nacken. »Du kennst ihn. Was hast du ihm noch über uns erzählt?«

Cedric schaltete das Radio an. Im Sekundentakt wiederholte Nik dieselben Fragen wieder und wieder. Er war es leid, ihm darauf zu antworten. *Ich kenne ihn nicht, er ist ein Freund von Greta, nein, ich habe nicht über unser Sexleben geredet, keine Ahnung, warum er denkt, dass du meine Sehnsüchte nicht stillen kannst.*

Es stimmte. Das war das Beschissenste an der Sache. Allerdings erfüllte Cedric nicht ansatzweise Niks Wünsche. Sie waren sich quitt.

Irgendwann ging Niklas dazu über, finster zu schweigen. Auch im Krankenhaus änderte sich das nicht. Ebenso wenig auf der Heimfahrt.

Der Schnitt war mit ein paar Stichen genäht worden und Cedrics Hand steckte in einem frischen Verband.

Kaum waren sie zu Hause, eilte Nik wortlos zu seiner Arbeit.

Cedric zog sich umständlich die Jacke aus, schlüpfte aus den Schuhen und ging in die Küche. Die Tabletten, die der Arzt ihm mitgegeben hatte, landeten im Müll. Die letzten Pillen hatte er mit fünfzehn genommen. Dabei blieb es. Noch wirkte die Betäubungsspritze. Später lenkte ihn der Schmerz von Schlimmerem ab.

Er nahm sich ein Wasser aus dem Kühlschrank, ging ziellos ins Wohnzimmer. Auf dem Schreibtisch lag das Papierschiff.

Mika. Was hatte Greta für Freunde? Der Mann hatte ihn völlig durcheinandergebracht. War er wirklich ein Penner? Oder nur ein Teilzeitgärtner auf der Walz mit Vorliebe für Secondhand-Kleidung?

Er setzte sich, schlug das Tagebuch auf. *Habkeineangstmehr,* krakelte er mit links auf eine neue Seite. Warum hatte Mika das Wort zusammengeschrieben?

STURMNACHT

Die Tage zogen sich dahin. Äpfelaufsammeln funktionierte auch einhändig. Die Pflanzen im Gewächshaus gießen ebenfalls. Zähneputzen stellte ein gewisses Problem dar. Beim Duschen band ihm Nik eine Plastiktüte um die Hand und zu essen gab es Tiefkühlpizza, es sei denn, Nik schnippelte einen Salat und haute ein paar Eier in die Pfanne.

Seit dem Tag mit dem zerbrochenen Spiegel klebte seine Laune auf dem Teppich. Ob er sich die Schuld gab oder Cedric für allgemeingefährlich hielt, sagte er nicht. Sie redeten ohnehin nicht miteinander.

Nachts fickte er ihn, verzog sich danach ins Wohnzimmer und stand noch vor dem Hellwerden auf, um zu arbeiten.

Cedric fühlte sich grauenhaft. Ihn quälten Schuldgefühle Niklas gegenüber und gleichzeitig erstickte er an der allabendlichen Demütigung. Er halste sie sich selbst auf, verachtete sich dafür. Wenn er sich wenigstens mit einem neuen Clip hätte ablenken können, aber auch dazu fehlte ihm jegliche Motivation.

Sein Selbstmitleid verwandelte sich zu scharfkantigem Hass. Er zerschnitt ihn von innen. Ein Schmerz, an dem er sich festhielt und den ihm niemand nehmen konnte.

Den Plan, sich in die Ruine zu schleichen und dort im Dreck zu wühlen, hatte er ebenfalls aufgeben müssen. Nicht nur wegen der Hand. Auch weil Nik bei dem Vorschlag, ihn dorthin zu begleiten, laut gelacht hatte. Ob er von seinen beschissenen Bildern nicht langsam die Schnauze voll hätte? Wozu er immer mehr kaputte Scheiben fotografieren müsste?

Nik hatte ihm überdeutlich klargemacht, dass er keine Sekunde Arbeitszeit für diesen Schwachsinn opfern würde. Davon abgesehen sei die Ruine abgesperrt. Ob er das Schild nicht gesehen hätte?

Hatte er nicht. Bis jetzt war er ihr keinen Schritt zu nah gekommen.

Wahrscheinlich war alles vermodert. Und wenn nicht?

Auf die Reste pissen? Sie beerdigen? Sie mit einem Vorschlaghammer zu Staub zermalmen? Das ergäbe einen astreinen Videoclip.

Eine Woche, bevor Greta zurückkam, zog ihm der Arzt die Fäden. Drei Tage Pause, dann durfte Cedric die Hand wieder leicht belasten. Er stromerte durch die Stadt und setzte das heruntergekommene, längst leer stehende und nach Schimmel stinkende Haus des Volkes auf eine imaginäre Liste.

Die Fenster im Erdgeschoss waren bereits eingeschlagen worden und auf den Wänden reihten sich schwachsinnige Graffitis aneinander.

Innenaufnahmen im ersten Stock. Dort, wo es noch unversehrte Scheiben gab. Kam ihm jemand in die Quere, war es eben so.

Unterwetterwarnung im Teltow Fläming. Meteorologen sagen orkanartige Windböen in der Nacht von Donnerstag auf Freitag voraus.

Mika knüllte die Zeitung zusammen. Sie war von gestern und hatte ihm als notdürftige Decke gedient. Schlaf hatte er dennoch keinen gefunden. Schloss er die Augen, sah er Cedric vor sich, spürte dessen warme Lippen auf seinem Mund, schmeckte ihr betörendes Aroma.

70

Wie sollte er ihn jemals vergessen? Seit diesem Kuss war seine Unruhe gewachsen. Tag für Tag lief er ziellos durch Städte, von denen er kaum etwas wahrnahm. Bot es sich an, trampte er in die nächste.

Berlin, Leipzig, Hamburg, Dresden, Cottbus wieder Berlin. Alles in kaum drei Wochen.

Bis zum Rest seines Lebens auf der Flucht vor einem Geständnis?

»Feiger Hund!«

»Unverschämtheit«, schimpfte ein Mann mit kariertem Hut. Kopfschüttelnd eilte er an ihm vorbei.

»Der feige Hund galt mir«, rief ihm Mika hinterher. Aber der andere war bereits hinter einer der gekachelten Wände verschwunden.

Mika rappelte sich auf, schulterte den Rucksack. Ein Anzugträger mit Aktenkoffer wich ihm auf der Treppe aus. Bevor ihn die Unterführung schluckte, warf er ihm einen angewiderten Blick zu.

Stank er so heftig? Da er Tag für Tag mit sich herumlief, roch er es kaum noch. Oder hatte sich der Mann vor seiner zerlumpten Erscheinung geekelt? Mika fuhr sich übers Gesicht. Der Bart hatte die Wangenknochen erreicht.

Höchste Zeit für einen Wellnessurlaub bei Greta.

Stimmte ja, der Zug war für ihn abgefahren.

Nett, sich im Elend zu suhlen, das man sich selbst eingebrockt hatte.

Ein paar Münzen klimperten in der Hosentasche. Sie reichten für einen Kaffee to go. Frühstück auf einer Parkbank im Tiergarten. Appetit hatte Mika ohnehin nicht.

Graue Wolkenberge schoben sich über den Himmel. Laut der Schlagzeile erwischte es auch die kleine Stadt, keine zwei Autostunden von hier entfernt.

Wie würde Cedric die Nacht überstehen? Sich an diesen Niklas klammern?

Sich von ihm die Angst wegficken lassen?

Mika wurde flau. Vielleicht lag es auch am Kaffee auf leeren Magen.

Cedric. Ununterbrochen dachte er an ihn. Der resignierte Blick an der Tankstelle, der dicke, durchgeblutete Verband. Was, wenn es kein Versehen gewesen war? Wenn er seine Situation satthatte? Sie einfach nicht mehr ertrug?

Fotos. Sie entstanden in seinem Kopf.

Dreckige Scherben mit dunklen Tropfen. Ein schlaffer Körper lag darauf. Wie weggeworfen.

Der Kaffee spuckte sich von selbst aus. Keuchend wischte sich Mika den Mund.

Oh Gott, er hätte nicht gehen dürfen. Warum hatte er Cedric alleingelassen?

Verdammt! Die Finger seiner rechten Hand fühlten sich steif an. Ständig tippte Cedric auf die falschen Tasten. Nach wochenlanger Pause quoll sein Postkasten über. Sogar von Greta waren zwei Nachrichten dabei. Sie erzählte von einem attraktiven Mann, mit dem sie regelmäßig spazieren ging, und fragte, ob bei Cedric alles in Ordnung wäre.

Er log ein paar beruhigende Sätze für sie zusammen und widmete sich den Kommentaren seines Blogs.

Draußen bogen sich die Zweige. Der Wind hetzte dicke Wolken über den Himmel. Cedric schauderte, dabei saß er im warmen Wohnzimmer auf dem Sofa. Noch eine Stunde bis zum Dunkelwerden. Er verscheuchte den Gedanken.

»Scheiße!«, dröhnte es plötzlich von oben. »Du Vollidiot!«

Meinte Nik ihn damit? Er hatte sich heute noch keine Katastrophe geleistet.

Es folgten wüste Beschimpfungen, die er nur teilweise verstand. Anscheinend telefonierte Nik mit jemandem. Kurze Zeit später polterte es auf der Treppe.

»Cedric?« Nik erschien mit knallrotem Kopf, das Handy in der Faust, als wollte er es zerdrücken. »Der beschissene Wichser von Assistent hat meine Bakterienkulturen verrecken lassen!« Um seine Nase wurde es weiß, der Rest des Gesichtes blieb fleckig rot. »Monatelange Forschung! Im Arsch!« Er riss seine Jacke von der Garderobe, tastete hektisch nach dem Autoschlüssel. »Ich kann das Ergebnis meiner Diplomarbeit vergessen! Gott! Ich muss zur Uni!«

»Es wird bald Abend.« Nik durfte ihn nicht alleinlassen.

»Na und?«, brüllte der. »Das ist ein Notfall! Meine Karriere steht auf dem Spiel!« Er rannte aus der Tür, schlug sie hinter sich zu. Nur Sekunden später jaulte der Motor seines Wagens auf.

Cedric flatterten die Finger. Der Stift fiel ihm aus der Hand. Knappe zwei Stunden bis zur Uni. Danach würde Nik die ganze Nacht im Labor arbeiten. Vor morgen früh war er niemals zurück.

Er atmete zu schnell, sprang auf. Bewegung half t.

Kein Auto mehr. Er saß fest.

Ein Taxi?

Nach Berlin fahren, bis zum Morgengrauen in Klubs herumtreiben? Bis er dort war, war es längst dunkel.

Sein Herz setzte für einen Schlag aus.

73

Du musst dich deiner Angst stellen. Jeden Tag ein bisschen mehr.

Was wussten Therapeuten von fremden Ängsten? Nur Theorie. Die Praxis hyperventilierte und pisste sich ein.

Ihm wurde schlecht.

Draußen verkroch sich das Tageslicht, wie er es selbst gern getan hätte. Irgendwo an einen Ort, wo ihn die Erinnerung nicht fand.

Der Wind nahm zu, pfiff ums Haus.

Lange Schatten, kaum noch Konturen. Wie lange starrte er bereits in den verschwindenden Garten? Seine Augen brannten.

Er hetzte durch die Räume, schaltete jede Lampe an.

Nasse Handflächen, kaum Luft in der Lunge. Dafür Herzrasen ohne Ende.

Er griff sich in die Haare, zog daran.

Aushalten. Irgendwann wurde es wieder Tag.

Vergessen, dass die Ruine einen Steinwurf entfernt mit ihrem Gestank auf ihn wartete. Es war vorbei. Seit vielen Jahren.

Der Mann war längst tot. Verfault. Wenn, lagen bloß noch die Scherben herum.

Knirschen unter seinen Füßen, lauter als das Heulen des Sturmes.

Cedric hielt sich die Ohren zu.

Widerlicher Schweißgeruch. Stammte er von ihm selbst?

Weiche Knie. Seine Beine knickten ein. Wie damals.

Er fiel, schlug auf.

Berührungen, wie durch Watte wahrgenommen. Glut im Unterleib. War das seine Hand, die sie nach draußen pumpte?

Kälte. Bis auf die warme Nässe im Nacken.

Wegkriechen.

Nur Schwärze. Kein Anhaltspunkt.

Unmöglich, den Mann abzuschütteln. Er keuchte immer lauter, tat ihm weh.

Steine drückten gegen seine Handflächen. Einer war groß. Schwer.

Der Kerl umklammerte ihn. Presste sein Gesicht an seinen Hals.

Cedric holte aus.

Schlug hinter sich.

Die Umklammerung ließ nach. Er rutschte an ihm hinunter.

Stille.

Der Stein fiel ihm aus der Hand. Cedric konnte sich nicht rühren.

Blut und Angst. Er roch beides. Auch das, was aus ihm herausfloss.

Entsetzliche Übelkeit. Er erbrach sich, krabbelte hindurch, fand Stufen, stieß sich die Knochen wund. Mauern, kein Ausgang. Bis zum Morgen wartete er zusammengekauert in einer Nische. Kein Rascheln, kein Knistern entging ihm.

Er hatte ihn getötet.

Ganz sicher. Hoffentlich?

Allein.

Schwachsinn! Die Angst war bei ihm. Nah genug, um ihren Gestank zu riechen.

Sie nahm ihm alles Glück, das er jemals erlebt hatte. Jede Ahnung von Geborgenheit. Was ihn bisher ausgemacht hatte, versickerte im Staub.

Endlose Gedankenpanikschleife.

Erst als graues Tageslicht durch die Ritzen sickerte,

fand er einen Weg nach oben. Er kroch über Schutt und Balken in den großen, dachlosen Raum. Kein Problem, über die Mauer zu klettern und aus der Fensteröffnung ins Freie zu springen.

Durch die Hintertür schlich er ins Haus. Greta bemerkte es nicht. Sie war auf ihrem Sessel vorm Fernseher eingeschlafen.

Noch nie hatte sich Cedric so leise und gründlich geduscht. Am liebsten hätte er sich die Haut vom Körper geschruppt.

Irgendwann rief ihn Greta zum Frühstück. Cedric verkroch sich ins Bett, behauptete, krank zu sein. War er auch. Schlimmer als jemals zuvor in seinem Leben.

Am Nachmittag holten ihn seine Eltern ab. Sie zweifelten keinen Moment, dass er sich was eingefangen hatte. Er zitterte, glühte vor Fieber. Es dauerte lange an. Als es endlich besser wurde, kam die Angst vor der Dunkelheit.

Und die Scham.

Er hatte sich von dem Hurensohn ficken lassen.

Cedric wurde schlecht. So furchtbar schlecht.

Er ballte die Fäuste gegen den Schwindel. Kniff die Augen zu, lauschte dem Dröhnen in ihm.

Sauer, süß, scharf, eklig. Seine Nase halluzinierte Gerüche.

Schwachsinn! Es konnte nicht nach Blut und Sperma stinken. Auch nicht nach Kotze. Noch nicht. Cedric kauerte sich zusammen, hielt sich den Magen. Er schnappte nach Luft, dabei hätte er liebend gern den Atem angehalten.

Mika hatte nach Äpfeln gerochen.

Ihn beim Küssen festgehalten.

Ein guter Gedanke. Er klammerte sich an ihn.

Fruchtig, frisch, durchsetzt mit dem herben Duft von

blauen Glassplittern.

An nichts anderes mehr denken, bis die Nacht vorbei war.

»Lust auf Gesellschaft?«

Cedric fuhr hoch, schrie vor Schreck.

Ein Mann lehnte am Türrahmen, streifte sich die Schuhe von den Füßen. Die Hälfte seines Gesichtes verschwand unter einem Bart. »Niklas ist weg, hm?«

»Mika!« Cedric presste die Hand aufs Herz. Gleichzeitig taumelte er vor Erleichterung. »Ich dachte, du wärst ...«

»War ich auch. Aber da fiel mir ein, dass ich mit dir reden wollte und dein Freund mich dabei gestört hat. Es ist aber wichtig, was ich dir sagen muss. Also bin ich zurückgekommen.« Sein Blick senkte sich in Cedrics. »Brauchst du Hilfe?«

Sie wussten beide, welche Art Hilfe er meinte.

Cedric nickte. Schluchzte. Nickte wieder.

»Komm mit ins Bad. Dann bist du nicht allein hier unten.« Mika sprach so sanft. So verständnisvoll. »Ich will mich duschen und rasieren, sonst kratze ich dich beim Küssen wund.«

»Mir egal.« Cedric stand wie festgewachsen. Solange Mika ihn nicht zu sich einlud, würde er ihm nicht um den Hals fallen. Ein kümmerlicher Zipfel Stolz hielt ihn ab.

»Aber mir nicht.« Er hing die Jacke an die Garderobe. »Ich will nicht stinken. Nirgends.«

Er zog den Pullover über den Kopf, warf ihn neben die Kellertür. Shirt, Jeans, Socken, Shorts folgten.

Eine Gänsehaut überzog den nackten, sehnigen Körper. Ein intensiver Eigengeruch wehte Cedric an. Nicht unangenehm. Gar nicht. Er hätte kein Problem damit. Wenn nur sein Herz endlich ruhiger schlagen würde.

Mika reichte ihm die Hand. Cedric ergriff sie, wollte näher, bis an Mikas Brust.

Doch der hielt ihn auf.

Was war das für ein Blick aus den grauen Augen? Mitleidig? Beschämt? Oder traurig?

Zärtlich. Ja, das auf jeden Fall. Auch Lust glomm darin.

Wie in dem Schwanz, der sich langsam aufstellte.

Cedric stöhnte vor Ungeduld. »Vergiss die Dusche.«

Mika fing mit zwei Fingern Cedrics Kinn ein. »Sieh mich an.«

Er gehorchte. War so froh, dass er bei ihm war.

Das Flackern am Rand seines Sichtfeldes ließ nach.

»Gleich.« Mikas Lächeln vertröstete ihn und versprach ihm gleichzeitig die Erfüllung all seiner Bedürfnisse. Wie im Traum tappte Cedric hinter ihm die Treppe hinauf, hielt ihn dabei fest an der Hand.

Er war da. Stand zwischen ihm und der Panik.

»Beeile dich«, flehte er. »Bitte.«

Mika nickte. Der seltsame Ausdruck seiner Augen vertiefte sich. Er sollte ihn nicht bemitleiden, sondern vögeln, bis Cedric vor Erleichterung das verdammte Kaff zusammenbrüllte.

Kaum rauschte das Wasser über die knochigen Schultern, riss sich Cedric die Anziehsachen vom Leib.

Er atmete zu schnell. Ihm wurde schwindelig, dass er sich am Waschbecken festhalten musste. Überall Lichtblitze. Cedric wischte sich über die Augen.

Es lag nicht an ihm. Das Licht flackerte.

Das Knistern der Lampe ließ ihn die Haare zu Berge stehen.

»Mika!«

Das Wasserrauschen war zu laut.

»Mika!«

Aus, an, aus.

Cedric schlug auf den Schalter neben sich.

Umsonst.

Dunkelheit.

Um ihn herum. Im Flur.

Das ganze Haus versank in ihr.

»Mika!« Sein Schrei zerriss ihn.

Er ging verloren.

War allein.

Stille.

Keine Luft.

»Cedric.« Arme umschlossen ihn. »Ist nur ein Stromausfall. Liegt bestimmt am Sturm.«

Nasse Haut. Heiße Haut. Cedrics Hände glitschten über sie hinweg. Fanden keinen Halt.

»Ganz ruhig«, flüsterte die sanfte Stimme durch die Angst.

Cedric bebte haltlos. Wimmerte.

Licht, er wollte Licht!

»Ich bin hier.« Lippen auf seinen. Cedric saugte sich an ihnen fest.

Shampoo, Duschgel, Apfel. Mika.

Kein Schweiß, kein Blut.

Wenn doch das Zittern aufhörte!

»Ich bringe dich ins Warme und bleibe bei dir.« Mikas Arm um seine Schulter. Er führte ihn durch die Finsternis.

Herzrasen.

Licht. Bitte, Licht!

»Hier.« Mika drückte ihn sacht nach unten. Ein Bett? Die Decke raschelte.

»Schalte die verdammte Lampe an!«

»Geht nicht.«

»Kerzen!«

»Die sind in der Küche. Ich müsste dich alleinlassen, um sie zu holen.«

»Nein.« Cedric klammerte sich an ihn. Kein entnervtes Seufzen, wie bei Nik. Nur ein sanftes Streicheln über seinen Rücken.

»Wo ist dein Handy?«

»Keine Ahnung.« Im Bad? Im Flur? Auf dem Mond?

»Du schaffst das«, flüsterte Mika. »Ich liebe dich die ganze Nacht, bis die Sonne wieder aufgeht.«

»Danke.« Cedric schluchzte auf. Unmöglich, sich zu beherrschen. Kein Platz für Scham. Nur Angst. Er brauchte ihn, sofort.

Mikas Schwanz war noch nicht steif genug. Cedric rieb ihn wie besessen.

Mika fing seine Hand ein. »So nicht.«

»Hilf mir!« Cedric fiel, wurde von Gestank und Schwärze gefressen.

»Es ist nur dunkel. Mehr nicht.«

Das genügte.

»Du bist nicht allein.«

Kälte tropfte auf ihn. Cedric zuckte zusammen.

»Sind bloß meine Haare.« Sacht küsste Mika Cedrics Hals.

Cedric griff hinein. Rau, nass. Sie dufteten nach seinem Shampoo und Mika. Eine eigentümliche, würzige Mischung. Er klammerte sich an den Geruch, wie an die sehnigen Schultern.

Irgendwo hinter ihm wartete das Grauen. Kroch auf ihn zu. Stinkend, brabbelnd. Wenn es ihn erwischte? »Mika!« Er wollte ihm helfen. Warum tat er es nicht?

Langsam schob sich Mika auf ihn. Seine Hände auf

Cedrics Wangen, seine Schwere drückte ihn tiefer in die Matratze.

Feste Lippen kosten seine Kehle.

Cedric legte den Kopf in den Nacken. »Fick mich endlich.« Bevor sich ein Fremder an ihn presste. Bevor er den Stein fühlte. Bevor er …

Mikas Zunge strich über Cedrics Unterlippe. »Darf ich dir die Angst ablecken?«

»Lecken?« Nein. Nur das nicht.

»Vertraue mir«, flüsterte es heiser aus der Finsternis. »Ich bin bei dir. Bleibe bei dir, bis es hell wird.«

Ein Versprechen. Cedric klammerte sich daran.

Eine zärtliche Zungenspitze an seinem Ohr. Sie kitzelte. War warm, feucht. Panik flammte auf, flaute ab. Es war Mika. Kein stinkendes Etwas ohne Gesicht. Mika, der duftete, ihn im Arm hielt, ihm beruhigend über den Rücken strich.

»Ich weiß, wie furchtbar Alleinsein ist.« Sanftes Wispern. Es wollte trösten, aber es log.

Cedric schüttelte wild mit dem Kopf. »Du hast keine Ahnung.« Seine Nase landete in Schlangenhaaren. Ihr Duft streichelte ihn innen und außen.

»Doch, Cedric. Morgen früh erzähle ich dir davon.« Er legte eine Hand auf Cedrics Brust. Fest und schützend. Der holpernde Herzschlag beruhigte sich.

Nasser Samt an seinem Hals, an seinem Kehlkopf.

Kitzeln auf den Schlüsselbeinen, in dem Grübchen dazwischen.

Küsse auf seinen Brustwarzen, Saugen, Knabbern. Tausend kleiner Stromschläge. Sie flirrten durch seine Nerven, züngelten in seinem Unterleib.

Mikas Zunge bahnten sich einen Weg über Cedrics Bauch – berührte hauchzart seine Leisten. Sie zuckten, wollten mehr.

Cedric kippte das Becken nach vorn, drücke den pochenden Schwanz an heiße Lippen. Sie verschlangen ihn. Nur für einen Moment, dann drehte ihn Mika mit einem einzigen Griff herum.

Er packte ihn an den Hüften, zog ihn auf die Knie. An Cedrics Hintereingang drückte ein harter Schwanz. »Kondome?« Mikas Stimme klang rau, streichelte Cedrics Haut. Cedric schauderte, brauchte mehr davon.

»In der Nachttischschublade.« Er keuchte beim Sprechen.

Ein Arm um ihn geschlungen, der andere irgendwo in der Nacht. Mika hielt ihn, während es aus der Dunkelheit knisterte.

Folie riss.

Für eine Sekunde ließ er ihn los. Ein ploppendes Geräusch. Der Deckel des Gleitgelspenders.

Knirschen. Nur in Cedrics Kopf.

Schritte.

»Mika!«

»Bin hier«, wisperte es über ihm.

Kälte in seiner Ritze. Ein Finger die sie in ihm verteilte.

»Mach!« Gleichgültig, wenn es wehtat. Er konnte nicht warten. Schmerz verging. Nahm er die Angst mit, war alles gut.

Mika schob sich behutsam in ihn hinein. Sein Stöhnen klang nach vollkommener Hingabe.

Küsse auf seinem Rücken.

Härte in ihm, die ihn mit jedem Mal mehr ausfüllte.

Lautes Keuchen. Es vermischte sich mit seinem.

Harte Stöße, sie trafen ihn tief, so gut.

Cedric warf den Kopf in den Nacken.

Finger in seinem Mund. Er begann wie wild an ihnen zu saugen.

Irgendwann knickten seine Arme ein. Sein Inneres brannte, seine Beine zitterten.

Eine Faust schloss sich fest um den längst tropfenden Schwanz.

Ein glühender Ball im Unterleib. Er wuchs, ließ ihn in gleißender Hitze zerschmelzen.

Farbblitze vor den Augen.

Hinter ihm ein rauer Schrei.

Stöße, bis er wimmerte vor Lust.

Er fiel in Dunkelheit.

Weich fing sie ihn auf.

Pulsierende Hitze strömte von seiner Körpermitte in jede einzelne Zelle. Es war so lange her, dass er sie gespürt hatte. Dieses Mal war sie ihm geschenkt worden. Mika schmiegte sich an Cedric, umschlang ihn. Der donnernde Herzschlag beruhigte sich unter seiner Hand. Er küsste den schweißnassen Nacken. Cedrics Geschmack perlte wie Sekt auf seiner Zunge.

Weshalb gingen Nächte vorbei? Wieso endete das Schönste seines Lebens irgendwann mit einem kalten Geständnis? Es würde alles zerstören, ihm seine Liebe nehmen und ihn allein zurücklassen.

»Nein.« Das Wort schlich sich aus seinem Mund. Es übertönte den Sturm, glitt über Cedrics Haut.

»Was ist?« Cedric drehte sich in der Umarmung. Mika fühlte streichelnde Finger an seiner Wange. »Warum sagst du *nein?*«

»Ich will dich behalten.« Mika biss sich auf die Lippen. Schweigen! Das Einzige, was ihn retten konnte. In seinen

Augen sammelte sich Nässe. Er zwinkerte sie weg. Gut, dass Cedric sie nicht sah.

»Dann mach das doch«, flüsterte es an seinem Hals.

Wenn Cedric wüsste, wem er sein Vertrauen schenkte.

»Schlaf.« Er bettete Cedrics Kopf auf seinen Arm. »Ich passe auf dich auf.«

»Danke«, murmelte es leise. Cedric rollte sich zusammen, sein Rücken wärmte Mikas Bauch.

Nur diesen Augenblick. Mehr würde es niemals geben. Mika kuschelte sich an den Mann, dessen Atemzüge tief und ruhig wurden.

Er fürchtete den Untergang der Sonne, Mika ihren Aufgang. Wo sollte er den Mut hernehmen, die Wahrheit zu sagen?

Schweigen und gehen? Sich einreden, dass Cedric den Kampf allein gewann? Oder mit diesem Niklas oder einem anderen Kerl an seiner Seite, dem er irgendwann lästig wurde, weil er Cedrics Not nicht ansatzweise verstand?

Mika verstand sie. Er war ihr Ursprung.

Licht drang durch seine Lider.

Es war morgen. Die Nacht war vorbei. Cedric blinzelte in die Sonnenstrahlen. Sie malten glitzernde Staubstreifen in die Luft.

Er hatte es geschafft.

Sein Herz drückte gegen die Rippen, so groß fühlte es sich an.

Die Hand, die entspannt von seiner Schulter hing, roch nach Latex und diversen Körpersekreten.

Cedric leckte an ihr, schmeckte die Erinnerung an Ekstase und Angst.

Die Finger zuckten, streichelten ihm über die Nase. Ein behagliches Brummen, Küsse auf seinen Nacken.

Er hatte sich nie so gefühlt wie jetzt.

Erfüllt.

Geborgen.

Federleicht.

Die nächste Nacht würde kommen.

Er wischte den Gedanken weg.

»Dusche und Frühstück?«

Sein Ohrläppchen wurde eingesaugt. »Mh«, nuschelte Mika. »Schmeckst gut, so pur, ohne ...«

»Pst.« Cedric wollte das Wort nicht hören und das dazu passende Gefühl nicht spüren müssen. Mika fragen, ob er hier blieb? Bei ihm?

Nein. Er war kein zweiter Niklas, sollte kein Hüter seiner Albträume werden.

Es gab nur diesen Tag. Was danach kam, drängte er ins Nichts.

Mika zog ihn aus dem Bett. Eng umschlungen stolperten sie ins Badezimmer.

Cedric klickte auf den Schalter. Das Licht ging an, als wäre nichts gewesen.

Mika grinste. »Alles wieder gut?«

So gut, dass Cedric an den Tränen schluckte.

»Was ist mit deiner Hand?« Mika strich sacht über die rote Narbe. Sie zog sich vom Handrücken bis zur Hälfte des Mittelfingers.

»Gar nichts.« Die Tütenduschzeiten waren vorbei.

»Du solltest beim Arbeiten besser auf dich achtgeben.« Mikas Blick wurde traurig. »Die Blutscherbenbilder sind eindrucksvoll, aber sie machen mir Angst.«

»Um mich?«

»Um wen sonst?« Er streichelte die Narbe erneut.

»Gestern Nacht ...«

Cedric tippte an die schmalen Lippen. Es war Tag. Die Dunkelheit hatte vorläufig nichts in seinem Leben zu suchen. Er wollte nicht darüber reden. Er zog Mika unter die Dusche. Bis das Wasser endlich heiß war, klammerten sie sich aneinander. Auch danach konnte Cedric nicht von dem Mann lassen, der ihn vor der Finsternis gerettet hatte. Er seifte ihn ein, glitschte mit der Brust über dessen Rücken.

Seine Finger in Mikas Spalte, nur zum Necken. Trotzdem standen ihnen beiden die Schwänze hoch.

Cedric war noch zu wund. Mika nicht.

Er rutschte an ihm hinab, bis er vor ihm kniete.

Er schnüffelte sich in die Härchen, leckte die Rinnsale von Mikas Erektion.

Mika hielt still. Nur sein Stöhnen drang durch das Wasserrauschen.

Cedric krallte sich an den festen Hintern, genoss es, dass ihm Mika keuchend an den nassen Strähnen zog. Er liebte die Laute, die er beim Sex ausstieß.

Tief und samtig wie sein Lachen.

Plötzlich krümmte sich Mika. Hitze spritzte an Cedrics Gaumen. Er schluckte, bildete sich ein fruchtiges Apfelaroma ein, und nuckelte noch ein, zwei Tropfen heraus, bevor er sein Gesicht an die Leiste schmiegte.

Zärtlich kämmten zitternde Finger durch sein Haar.

Ein vollkommener Augenblick. Der Erste seit neun Jahren.

Keine Ahnung, wie lange er vor ihm kniete. Irgendwann zog ihn Mika zu sich hoch. Ein sanfter Kuss. Ihre Zungen streichelten einander.

Cedric schwebte auf Wolken, als sie endlich aus der Dusche taumelten und sich gegenseitig abtrockneten.

Zum Frühstück genügte ihnen Müsli mit Kaffee. In Handtücher geschlungen saßen sie dicht nebeneinander.

»Gehst du nachher mit mir zur Ruine?« Wenn nicht heute, wann dann? In zwei Tagen kam Greta. Die letzte Chance, sich seinem Albtraum zu stellen. Es gab keinen besseren Begleiter.

Mika lehnte sich zurück. Sein Blick wurde ernst. »Was suchst du dort?«

»Knochen.« Cedric schluckte die aufsteigende Panik hinunter. »Vielleicht auch Schuhe, eine Jacke. Schnapsflaschen.« Und Kippen. Sein Mund wurde trocken.

Mika senkte die Lider. Er griff in die verfilzten Zöpfe, zog sie über der linken Schläfe straff nach hinten. »Siehst du das?«

Ein breiter heller Streifen. Er verlief sich im Haaransatz.

»Eine Narbe?«

Mika nickte. »Lust auf die passende Geschichte dazu?«

Angst. Genau das Gefühl lag in den grauen Augen. Cedric wollte seine Hand nehmen, aber Mika wich ihm aus.

»Höre mir zu, ohne mich zu unterbrechen. Danach lass mir Zeit, meine Sachen zu packen und zu verschwinden.«

Trotz Kloß im Hals krächzte Cedric ein *Okay*. Mika war frei. Konnte tun und lassen, was immer er wollte.

Der Mann ihm gegenüber holte tief Luft. »Als ich sechzehn war, hielt ich es bei meiner Mutter nicht mehr aus. Ich floh mit einem Rucksack, der ihr Geld, den Rest ihrer Zigarettenstange und zwei Schnapsflaschen enthielt. Bevor ich an einen Ort kam, der mir weit genug weg schien, vergingen Wochen. Ich war ständig allein. Auch mitten in Innenstädten oder überfüllten U-Bahnen.«

Warum sah er an ihm vorbei? Weshalb verkrampften sich seine Finger um die Kaffeetasse?

»Eines Tages, ich hatte mir ein relativ regensicheres Versteck gesucht, spielten Junges auf der Wiese davor Fußball. Sie lachten und fluchten. Hatten so viel Spaß zusammen. Ich beobachtete sie. Wollte mitspielen. Mit jeder Faser meines Herzens sehnte ich mich nach ihrer Nähe.«

Cedric musste schlucken. Der Kloß blieb.

»Je länger ich ihnen zuschaute, umso klarer wurde mir, dass ich es nie fertigbringen würde, sie anzusprechen. Ich hatte seit Monaten kein Badezimmer mehr gesehen. Meine Klamotten klebten an mir und stanken zum Himmel. Gegen die Einsamkeit und die Kälte trank ich mich nachts in den Schlaf. Wenn ich wach wurde, bestand mein Frühstück aus einer Zigarette.

Wer will mit so einem spielen?«

Cedric sollte ihn nicht unterbrechen. Er biss sich fest auf die Lippen.

»Am nächsten Tag waren die Kinder wieder dort. Niemand bemerkte, dass ich hinter der Mauer hockte und sie heulend um jedes bisschen Glück, um jeden Fitzel Freundschaft beneidete. Ich spülte die immer brennendere Sehnsucht mit geklautem Korn aus dem Supermarkt hinunter.« Sein Lachen war leise und tonnenschwer. »Es wurde Abend. Ich konnte kaum noch klar sehen, geschweige denn denken oder gar reden. Die meisten Jungen gingen nach Hause zu ihren warmen Betten und heißen Kakaotassen.

Nur einer nicht. Er kam auf mich zu, ohne es zu bemerken.

Seine vom Toben geröteten Wangen, seine glückliche

Miene. Er war so wunderschön.«

Rauschen in den Ohren. Was Cedric dennoch hörte, musste eine Lüge sein.

»Er stromerte zwischen den zerfallenen Mauern entlang, kickte Steine vor sich her wie vorhin den Fußball.« Mika ließ die Tasse los. Er verbarg das Gesicht hinter den Händen, atmete schwer.

Cedric hielt die Luft an. Verbot sich jeden Gedanken.

Endlich tauchte Mika wieder auf. »Ich wollte ihn haben.« Sein Schlucken war lauter als Cedrics Herzschlag. Dabei dröhnte er ihm im gesamten Körper.

»Einfach nur bei ihm sein. Mit ihm reden. Ihn zwingen, mir zuzuhören und mir etwas von seinem Glück abzugeben.« Mika sah ihn an, stand langsam auf. »Als er keine zwei Schritte von mir entfernt war, taumelte ich aus der Mauernische und packte ihn an der Jacke. Ich zog ihn zu mir, ganz dicht. Das Gefühl, ihn festzuhalten, war fantastisch. Er schrie. Ich hielt ihm den Mund zu. Er trat nach mir, ich wich aus, stolperte mit ihm zurück. Da war eine Treppe. Sie führte in mein Versteck. Gemeinsam rollten wir die Stufen hinunter.

Er blieb benommen liegen, während ich mich aufrappelte.

Es war stockfinster. Ich suchte meinen Rucksack, um die Taschenlampe zu holen, fand ihn aber nicht. Ich hatte Angst um den Jungen. Was war, wenn er sich ernsthaft verletzt hatte? Ich kroch zu ihm, tastete über seinen Rücken, sein Gesicht. Er war so warm.« Mika schloss die Augen. »Seine Haut war zart. Die Haare weich. Und er roch so gut. Ich presste meine Lippen auf ein Stück nackte Haut. Leckte darüber, schob die Hände in die Hitze unter der Kleidung.«

Nein. Eine Lüge, bloß eine Lüge!

»Ich verlor die Kontrolle«, flüsterte Mika. »Mein vernebeltes Hirn schaltete sich aus, überließ alles dem glühenden Gefühl, das meinen gesamten Körper in Brand setzte.

Ich kannte mich mit solchen Dingen aus. Du nicht. Das verschaffte mir einen Vorteil.

Ich habe dich einfach genommen, bis mich etwas Hartes am Kopf traf und mir die Lichter ausgingen. Als ich aufwachte, schien bereits Tageslicht durch die Mauerritzen.

Du warst weg. Ich kletterte nach oben, suchte dich. Vielleicht wollte ich mich entschuldigen, vielleicht wollte ich dich auch nur noch einmal sehen. Ich kann es dir nicht sagen.

Plötzlich wurde mir schwindelig. Ich klammerte mich an einen Baum, kotzte, bis ich dachte, mein Magen kommt hinterher. Dort fand mich Greta.«

Die Küche drehte sich. Cedric starrte auf die Lippen, die ihn küssend durch die Nacht geführt hatten.

»Ich weiß, was ich dir angetan habe und erwarte keine Vergebung.«

Die Stimme klang nach Angst. Wem gehörte sie? Mika oder dem Monster aus der Dunkelheit?

»Bitte glaube mir: Du musst dich nicht mehr fürchten. Ich werde aus deinem Leben verschwinden und dir nie wieder zu nahe kommen.«

Jedes Wort verdorrte in Cedrics Mund.

Mika verließ den Raum.

Schritte auf der Kellertreppe. Hinab, nach einer Weile hinauf.

Pullover und Jeans waren andere, als er sie gestern Abend getragen hatte. Nur die Schuhe nicht.

»Um die Polizei zu rufen oder mich zu erschlagen, ist

jetzt der richtige Zeitpunkt.«

Geh'. Der einzige Gedanke in seinem Kopf. Bevor er in Wut ertrank, spuckte er ihn aus. »Geh'!«

Mika zuckte zusammen. Blasse Haut, eingefallene Wangen. Das Gesicht seines Albtraumes.

Cedric ballte die Faust. Und wenn die Narbe bis zum Knochen riss, er würde zuschlagen.

Mika senkte den Blick. »Die beiden Nächte mit dir werde ich niemals vergessen, Cedric. Ebenso wenig wie den Geschmack deiner Angst und das unvergleichliche Aroma deiner Hingabe.«

Flimmern vor den Augen. Der Mann löste sich darin auf. Eine Tür fiel ins Schloss.

Stehen und starren. Mehr war unmöglich. Mikas Worte glitten messerscharf durch seinen Verstand, schnitten ihn kurz und klein.

Der Tag verging außerhalb der Fenster. Es wurde Abend.

Cedric betrachtete die Dunkelheit beim Dunkelwerden.

Irgendwo klapperte es. Es waren nicht Mikas Schritte, die sich näherten.

Das Licht ging an. Cedric kniff die Augen zu.

»Du hast nicht abgeschlossen?« Nik kam zu ihm. »Tut mir leid, dass ich dich hängen gelassen habe. Ehrlich, aber ...« Er tippte ihn an. »Cedric?«

Warum klang er so besorgt?

»Wieso sitzt du im Handtuch hier rum?«

»Bin noch nicht dazu gekommen, mich anzuziehen. Wie geht's deinen Bakterien?«

»Was?« Niks ratloser Blick zweifelte an Cedrics Verstand. »Hast du keine Angst?«

»Ich muss pissen.« Seit dem Frühstück hatte er die

Küche für keinen Moment verlassen.

»Okay«, hauchte Nik. »Nur zu.«

Im Flur und auf der Treppe war es dunkel. Cedric ignorierte den Lichtschalter. Er schloss die Badezimmertür hinter sich, lehnte sich dagegen.

Wo war seine Angst?

Alles, was er fühlte, war Leere.

Er rutschte an der Tür hinab, schlang die Arme um den Oberkörper.

Das stinkende Monster hockte im Schatten, sah ihn mit Mikas schönen, grauen Augen an.

PAPIERSCHIFFHOFFNUNG

Aus dem verhangenen Himmel tanzten Flocken. Sie verloren ihre Schönheit in dem Moment, wo sie der Schneematsch schluckte.

Mika fing sie mit der Zunge. Ein leicht saurer Geschmack mit einer milden Rußnote. Es wurde Zeit, dass er sich zu Geschäftswänden und wärmenden Lüftungsschächten zurückzog. Seine Schultern bedeckte bereits eine weiße, langsam schmelzende Schicht.

»Bitte sehr.« Eine Frau warf zwei Euro in seine Büchse. Mika lächelte ihr zu.

Kurz vor Weihnachten boomte sein Geschäft. Niemand wollte als Ebenezer Scrooge dastehen. Die Münzen sammelten sich schneller, als er sie ausgeben konnte. Zweimal hatte er sie bereits auf der Bank in Scheine umgetauscht.

Zu viel, um bettelarm zu sein, zu wenig, um etwas Sinnvolles damit anzufangen. Vielleicht reichte das Geld für ein Zimmer in einem Motel.

Stundenlanges Duschen und in einem weichen Bett schlafen. Sogar seine Kleidung könnte er dort waschen.

Optimistische Idee. Als ob ein Portier ihn jemals als Gast akzeptieren würde.

Mika zog die Knie dichter an den Oberkörper. Ihm war kalt.

Seine Gedanken schweiften zu Cedric und der Sturmnacht in Gretas Haus. Manchmal genügte die Erinnerung daran, um die Wärme in seinen Körper zurückzulocken.

Ob er Greta erzählt hatte, was geschehen war? Ob er sich immer noch fürchtete? Wenn es bloß eine Möglichkeit gäbe, einen Blick auf den Scherbenblog zu werfen. Er hatte es bei diversen Internetcafés probiert, war aber an der Tür abgewiesen worden.

In seinen Träumen war Cedric glücklich.

Ein paar durchnässte Turnschuhe blieben vor ihm stehen.

Sollten sie.

Von dem Mann mit dem betörenden Geschmack zu träumen, war wichtiger, als einem Fremden wegen ein paar Cents zuzulächeln.

Etwas Weißes fiel in die Büchse – ohne zu klimpern. Mika neigte sich vor.

Ein kleines Papierschiff.

»Warum hast du *Hab keine Angst mehr* zusammengeschrieben?«

Cedric! Eine Mütze tief in die Stirn gezogen, ein Schal bis übers Kinn gewickelt. Was dazwischen herauslugte, blickte ihn freundlich an.

Mika zwinkerte. Weder Cedric noch das Boot verschwanden.

Sein Herz sprang vor Schreck. Nein. Vor Freude! Oder war Cedric hier, um ihn doch noch verhaften zu lassen?

Kein Polizist weit und breit.

»Ich habe mir nächtelang darüber den Kopf zerbrochen.« Er hockte sich zu ihm. Sein Blick glitt über die nassen Haare und den Schnee auf Schultern und Knien. »Ist dir kalt?«

Mika nickte. Weshalb konnte er nicht sagen, *hey Cedric! Ich freue mich unendlich, dich zu sehen. Geht es dir gut? Kommst du klar? Hast du diesen Depp zum Teufel gejagt, oder vögelt er deinen süßen Arsch immer noch?* Wie ein Idiot starrte er den Mann an, der ihm den Puls in die Höhe jagte.

»Greta vermisst dich. Ich soll dir Grüße ausrichten.«

Auch Räuspern funktionierte nicht. Hatte er seine Stimme verschluckt? Wieder blieb ihm nur ein Nicken.

»Trinkst du mit mir einen Kaffee?« Cedric lächelte Wärme in Mikas eingefrorene Knochen. »Irgendwo, wo es gemütlicher ist?«

In einem Café? Mika verkniff sich ein Grinsen. »Die lassen mich nicht rein.« Immerhin. Ein Krächzen war besser als nichts. »Uns bleibt nur die Wärmestube.« Was für ein Vorschlag! »Vergiss es.«

Ein Kaffee to go in der U-Bahn war eine ebenso dämliche Alternative. Ein Minutengespräch, länger würde es da unten nicht dauern. Die Sicherheitsleute waren im Moment scharf drauf. Er war heute schon zwei Mal erwischt worden.

Cedric verzog das bisschen Gesicht, was aus dem Strickzeug herausschaute. »Verstehe.«

Wohl kaum. Aber das machte nichts. Er war hier, redete mit ihm. Das war das beste vorgezogene Weihnachtsgeschenk, das er jemals bekommen hatte.

Seine Augen wurden nass. Musste am Schnee liegen. Mika wischte mit dem Handrücken darüber. Verdammt, er hatte sich bestimmt Dreck ins Gesicht geschmiert.

»Und was ist, wenn wir uns irgendwo einen Kaffee holen und uns ins Auto setzen?« Cedric linste in die Büchse. »Da ist mehr Kohle drin als in meinem Portemonnaie. Lädst du mich ein?«

Was für ein niedliches Grinsen. Es versteckte ein paar Sommersprossen auf den Wangen.

Auf den Fersen wippend wartete Cedric auf eine Antwort.

»Ich will dein Auto nicht versauen.« Mika war völlig durchnässt. Vom Schnee oben, vom Schneematsch unten. »Aber einladen kann ich dich trotzdem.« Der Inhalt seiner Büchse landete in der hohlen Hand. Über zehn Euro plus ein kleines Schiff. Er hatte glatt vergessen, sie zwischendrin zu leeren.

Das Blechding fiel hinunter, rollte durch den Dreck.

Mikas Finger zitterten, sein ganzer Körper bebte.

Cedric reichte ihm ein Papiertaschentuch.

Wozu? Richtig, aus seinen Augen lief es immer noch.

Was war plötzlich mit ihm los?

Er wollte sich entschuldigen, es kam nichts raus außer einem Schluchzen.

Gott, es war so schön, so wunderschön, dass Cedric hier war.

»Komm mal mit.« Cedric half ihm auf die Beine. Sie waren weich wie Watte. »Ich kenne eine Kneipe. Die ist nicht weit. Wenn wir uns brav in die Ecke setzen, regt sich der Wirt nur ein bisschen auf. Dort könnten wir auch eine Kleinigkeit essen.« Mit Schwung hing er sich den Rucksack über die Schulter. »Einverstanden?«

Die Passanten verschwammen, ihr Gerede dimmte sich zu einem leisen Rauschen. Mika ließ sich von Cedric führen. Wie ein alter Mann stolperte er neben ihm her.

Ein paar Stufen, Licht, warme Luft, die ihm ins Gesicht wehte. Ein Typ, der die Augen rollte und mit dem Daumen auf einen Tisch ganz am Rand zeigte.

Cedric fragte nach etwas, das satt machte und sich leicht verdauen ließ.

»Dein zerlumpter Kumpel hat lange nichts mehr zwischen die Kiemen gekriegt. Kann das sein? Wie siehst mit 'ner Hühnersuppe aus?«

»Bestens.« Cedric schob einen Kaffee in Mikas eiskalte Hände. »Sei nicht sauer, aber du schaust aus, als müsstest du dringend von Greta gepäppelt werden.«

»Weiß ich.« Seit Wochen vermied er sein Spiegelbild

in den Schaufenstern.

»Erzählst du mir jetzt, warum du die Worte zusammengeschrieben hast?«

»Weil sie zusammengehören.« Nichts war gern allein.

»Ich will darüber reden.«

»Über meine fehlerhafte Rechtschreibung?«

Cedrics Mundwinkel zuckten. »Nein. Über uns.«

Innerlich duckte sich Mika. Der Kaffee schwappte über den Tassenrand. »Hast du noch Angst?« *Bitte sag nein.*

»Die Nacht gehört nach wie vor nicht zu meinen Lieblingstageszeiten.« Cedric stippte den Finger in die Pfütze und malte Kringel auf den Tisch. »Allerdings genügt es mir mittlerweile, wenn ich das Licht anschalte und Musik höre.«

»Keine Panikficks mehr?«

»Nein.«

Das leise Lachen legte sich ebenso sanft auf Mika, wie vorhin noch der Schnee.

»Nik und ich haben uns getrennt. Seitdem komme ich allein klar.«

Stolz. Ganz deutlich hörte er aus jedem Wort. Seine Hände entspannten, klammerten sich an die heiße Tasse.

Cedric hatte es geschafft.

In seinen Bart sickerten erneut Tränen. Anscheinend war heute nicht sein stabilster Tag.

Ein Teller mit Suppe und ein Körbchen mit Brot landeten auf dem Tisch.

Cedric schwieg, während Mika löffelte, schluckte, wieder löffelte.

Wahnsinn, wie warm sich ein Magen anfühlen konnte.

»Greta verbringt die Feiertage bei meinen Eltern«, plauderte Cedric. Er sah Mika beim Tellerauskratzen zu.

Verdammt, seine Finger waren schwarz im Vergleich

zu dem hellen Brot. Hätte er sie sich bloß vorher gewaschen!

»Sie fühlt sich allein zu Hause und wundert sich, dass du sie nicht mehr besuchen kommst.«

»Sie hat dir von mir erzählt?«

»Und ich ihr von dir.«

Mika verschluckte sich. Cedric klopfte ihm auf den Rücken.

»Alles?«, fragte er, als er endlich wieder Luft bekam.

»Nur das Wichtige.« Cedric wickelte eines der Zuckerstückchen aus und ließ es in Mikas Tasse plumpsen. »Dass wir uns getroffen haben und du bei mir warst, als mich Nik im Stich gelassen hatte. Das fand sie gut.«

»Aha.« Vielleicht lag es am vollen Magen, aber in Mikas Kopf war kein Tropfen Blut zum Denken.

»Vorschlag.« Mit vor der Brust verschränkten Armen lehnte sich Cedric zurück. »Ich fahr' dich zu ihr, du duschst dich, schläfst dich aus und morgen früh hilfst du mir bei meinem neuen Videoclip.«

»Geht nicht.«

Cedrics Brauen zuckten nach oben. »Schon was Besseres vor?«

»Nein, aber ...« Herrgott! »Ich stinke wie ein Frettchen. Ist mir ein Rätsel, wie du es neben mir aushältst.«

»Bin knapp vor der Ohnmacht aber noch geht's«

»Siehst du!« Mika versank hinter den Händen. Scheiße! Die waren starrdreckig! »Mit mir zusammen im Auto eingepfercht, haut's dich garantiert weg.«

»Ich öffne das Fenster auf deiner Seite.«

»Dann schneit es rein.«

»Damit werden wir zurechtkommen müssen.«

»Hör auf.« Warum begriff dieser Mann nicht, dass Mika nichts mehr bei ihm oder Greta verloren hatte? »Ich habe dir gesagt, dass ich aus deinem Leben verschwinde. Genau das habe ich getan. Und dir geht es gut.« Keine Angst mehr, keinen Freund in Spießerklamotten. »Wenn du zu mir kommst und ich dich sehe, wenn du nett zu mir bist, so wie jetzt …«

»Ja?«

Himmel! »Wie soll ich dich vergessen können?« Er hatte das Foto von ihm doch nicht umsonst auf der Waschmaschine liegen lassen.

»Dann tu's doch nicht.«

»Was?« Mika gab auf. Die Situation schaffte ihn.

»Ich habe ewig gebraucht, um dich zu finden.« Cedric legte seine Hand auf das schmutzige Ding mit Fingern dran. Mika wollte es wegziehen, aber Cedric hielt es fest. »Greta hat mir deine Favoriten genannt. Berlin, Dresden, Leipzig, Hamburg, Cottbus. Such mal einen Penner in fünf Großstädten. Hast du eine Ahnung, wie oft ich immer wieder dieselben Straßen durchkämmt habe?«

Er hatte ihn gesucht? Mika schluckte.

»Es gibt kein Foto von dir. Dass ein paar deiner Kumpel begriffen haben, wen ich mit dem langen, dünnen Kerl meinte, verdanke ich deinen Dreadlocks. Echt, ein ziemlich taugliches Erkennungsmerkmal.«

»Du hast Obdachlose nach mir gefragt?«

»Wen denn sonst?«

Mika zuckte die Schulter. Was Klügeres fiel ihm nicht ein.

»Ich soll dich von einer ganzen Reihe von denen grüßen.«

»Danke.«

»Ein Typ mit tätowierten Tränen im Gesicht meinte, deine Lieblingsstadt zu Weihnachten sei Berlin, weil da in der Nähe jemand wohnen würde, bei dem du ab und zu unterkriechst.«

Helmut. Schön zu wissen, dass er noch lebte.

»Also bin ich zurück hierher. Zum fünften Mal in zwei Monaten.«

»Du suchst mich seit ...«

»... exakt einer Woche, nachdem du gegangen bist.« Cedric gab seine Hand frei und wischte sich seine eigene an der Serviette sauber. »Als ich dich vorhin an der Laterne sitzen sah, dachte ich zuerst, mein Hirn spielt mir einen Streich. Durch Wunschdenken ausgelöste Halluzinationen oder so. Ein Mann neben mir hat sich zu Tode erschreckt, als ich brüllend die Faust in die Luft gestoßen habe.«

Mika musste grinsen. Aus seinen Augen floss es zwar erneut, doch das scherte seine Mundwinkel wenig.

»Komm mit mir.« In Cedrics Blick lag eine Wärme, die Suppe und Kaffee in den Schatten stellte. »Greta würde sich freuen, und wenn du willst, hätten wir über Weihnachten bei ihr sturmfrei.«

Mikas Hand wollte zu dem wunderschönen, sauberen Gesicht. Sie zuckte, war bereits auf halben Weg, als er sie zurückzog. »Hast du keine Angst vor mir?«

»Nein.« Cedrics Lächeln wurde zu etwas Wundervollem. »Schon vergessen? Du hast sie mir mit deiner breiten Zunge abgeleckt.«

9 783738 611915